雖然是公會的櫃檯小姐，但因為不想加班所以打算獨自討伐迷宮頭目
uketsukejou saikyou
5
[著] 香坂マト
[ill] がおう
U0063206

雖然是公會的櫃檯小姐，但因為不想加班所以打算獨自討伐

uketsukejou saikyou

登場人物介紹

CHARACTER : 1

亞莉納・可洛瓦

從事理想的職業「櫃檯小姐」的少女。不奢求有大成就，只想過安心、穩定的小日子，對現在的工作很滿意，但工作量持續過大時，會顯露出不為人知的一面……？

CHARACTER : 2

處刑人

傳說中手段高明的冒險者，會在攻略不下的迷宮中颯爽出現，單獨討伐頭目後，一言不發地離去。雖然有人說本人一定是大帥哥，但存在本身仍是謎。

CHARACTER : 3

傑特・史庫雷德

公會最強隊伍「白銀之劍」的隊長，位置是盾兵（Tank）的青年。誠實不驕傲的個性與端正的外表使他有眾多粉絲。知道亞莉納的真實身分後，一直想邀她加入隊伍，但——

CHARACTER : 4

露露莉・艾修弗特

隸屬於「白銀之劍」的補師（Healer）。外表看起來很童稚，其實是最強隊伍的一員，能使用稀有技能與治癒魔法。

CHARACTER : 5

勞・洛茲布蘭達

「白銀之劍」的後衛（Back Attacker），是隊上專門炒熱氣氛的青年。身為黑魔導士，擅長強力的攻擊魔法。

CHARACTER : 6

萊菈

伊富爾服務處的櫃檯小姐，亞莉納的後輩。有著迷妹的一面，正熱衷於帥哥（？）冒險者處刑人。

CHARACTER : 7

葛倫・加利亞

伊富爾冒險者公會的會長。自己也曾是「白銀之劍」的最強前衛（Top Attacker）。

「亞莉納前輩，妳這件連身裙很好看耶～！」

人來人往的黎堤安街道上，萊菈喜孜孜地說著。相較於一臉滿意的萊菈，亞莉納捏著連身裙的裙襬，輕輕嘆氣。走在一步之後的傑特看著兩人的互動。

「只有在自由活動時間才能穿便服哦！因為是員工旅行，其他時間一定要穿制服才行。」

「知道啦。前輩妳才該偶爾從社畜變回少女呢！」

被戳中痛處，亞莉納頓時語塞。她只有一件便服——這衝擊性的發言使亞莉納被後輩萊菈嚴厲斥責，並被抓來買新衣。

——離開商店時，周圍男性的視線明顯地集中在亞莉納身上。假如不是經常帶著倦容，亞莉納原本就是被稱為美少女也不為過。雖然不太開心，但也沒辦法。傑特如此心想，默默地走到了亞莉納身邊。雖然有不少人因此退縮地別過視線，但仍然有人執拗地繼續盯著亞莉納。傑特以帶著威嚇的眼神看向那些人。

那是一群年輕男性。也許因為成群結隊，所以膽子也大了吧。就算知道傑特的存在，他們也依然以品頭論足的眼神打量著亞莉納。不只如此，還帶著譏嘲之色，挑釁地看著傑特。

「……」

似乎很麻煩。本能如此告訴傑特。從那些人的打扮看來，應該不是當地人，而是觀光客。同伴之間起鬨、胡鬧的氣氛加倍，就算他們隨時上前調戲都不奇怪。

（這就是櫃檯小姐的員工旅行必須有人護衛的原因啊……）

話雖如此，也不能突然就舞刀弄槍……傑特思考了幾秒，若無其事地把手伸向腰間的小包，拿出「某樣東西」。

確認那些男人從視野邊緣走近後，傑特手腕迅速一翻——熱鬧的街頭咻地響起輕巧的破風之聲。

「……啊？」男人之一訝異地停下腳步，摸了摸自己的臉頰。不知何時，他臉上出現一道傷口。那群人驚訝地回頭，見到一把小刀正插在他們身後的白色牆壁中。銳利的刀刃深深刺進牆壁，造成嶄新的龜裂。

「………」

男人們沉默地凝視著反射耀眼陽光的小刀。

他們似乎總算理解剛才飛過自己身邊的究竟是「什麼」了。雖然那把刀很小、殺傷力有限，仍然足以輕易刺瞎人的眼睛——那樣的凶器沒有傷到擁擠路上的行人，只微微劃過男人的臉頰。這樣的投擲行為，絕對不會是偶然。

「……！」

男人們原本在賊笑的臉僵住，臉色愈發鐵青。他們連忙看向傑特，只見傑特臉上掛著笑容，從腰間又抽出一把小刀，彷彿在說「下次就是眼睛囉」。這威脅十分有效，男人們嚇得落荒而逃。

「傑特，你在幹嘛？」

沒有發現剛才的一系列暗中攻防，亞莉納皺著眉頭，對突然走到自己身邊的傑特發問。幸好有向原本是暗殺者的勞學習投擲手法。傑特感謝笑著說「這可是偷偷趕跑麻煩的一般人最好的方法哦」的隊友。他不想因為那種事，壞了一直期待這趟旅行的亞莉納的興致。

「不，沒事。」

就在這時，一陣輕風吹過，亞莉納的黑髮搖曳，裙襬微微晃動。翠綠色的眸子在陽光下如寶石般閃閃發亮，白皙的臉頰泛著淡淡紅潮，難掩來黎堤安遊玩的喜悅。

雖然嘴上抱怨，但亞莉納似乎仍樂在旅行之中。見到她的模樣，傑特也不由得開心了起來。

雖然是公會的櫃檯小姐，但因為不想加班所以打算獨自討伐迷宮頭目 5

uketsukejou saikyou

[著] 香坂マト

[ill] がおう

0

城市今天也很和平。

神之國度（蒂亞尼亞）的中央區。雖然僭越地冠上了神之名，但這國家確實很符合這個名字。因為，是基於神的加護而出現的「術法」，讓這個國家發展到了現在。

豐饒、平穩，沒有任何不自由的生活。

萊菈非常喜歡這座城市。

「唉，今天也要加班嗎……」

這天早晨，萊菈穿著純白的制服（長袍），在見慣了的職場走廊上前進。當她經過基於員工福利而設置的健身室時，發現有人在其中。

一名健壯的男性正沉默地做著伏地挺身。由於那人將長長的頭髮綁成了馬尾，因此一眼就看出對方是誰了。應該說，從這時間就在職場健身的員工，據萊菈所知，也就只有一個人。

「早安！你一早就很認真鍛鍊呢，席巴。」

「……」

聽到聲音後，席巴轉動視線，僅以眼神回應寒暄。席巴是沉默寡言的男人，加上身材高

壯、眼神銳利，很容易使人心生畏懼，但他其實非常溫柔。

「萊菈！早安！」「……早安。」

就在這時，兩名小女孩快速地從萊菈身邊經過，跑進了健身室。是雙胞胎的葳娜與菲娜。雖然是才剛滿十歲的年幼少女，但她們的頭腦非常優秀，所以才被雇用為這裡的研究員。

儘管是天才雙胞胎，但終究還是孩子。葳娜一見到正在做伏地挺身的席巴，就有如見到玩具般，喜孜孜地跳上他厚實的背部。

「唔嗯……！」

突然增加的重量使席巴發出呻吟，可是他並沒有抱怨，在背上有葳娜的情況下繼續默默地動著手臂。

「菲娜妳也快點來！」

聽到葳娜笑嘻嘻地呼喚菲娜，席巴雖然沉默，卻明顯發出緊張的氣息，額頭流下汗水——

「唔喔喔喔！」

菲娜怯生生地爬到席巴背上，讓席巴發出了類似哀號的聲音。

大家一早就很有活力呢。萊菈欣慰地看著那光景，正想離開健身室時，被席巴叫住。

「萊菈，妳沒睡吧？」

「咦？」

萊菈驚訝地回應。這時下方忽然冒出一面手鏡，是不知何時從席巴背部跳下的葳娜與菲娜遞來的。

「眼睛下面，黑眼圈很深！」「黑眼圈。」

「咦咦咦！」

萊菈連忙拿過手鏡照臉後，發現眼睛下方確實出現了深深的黑影。

「熬夜加班了嗎？這次是在忙什麼？需要幫忙的話就說。」

席巴理所當然地向她說道，萊菈趕緊拒絕。

「不……不用啦！我這是事務方面的工作，不是你們研究員該做的事！」

儘管席巴的好意令萊菈感到開心，但研究員們本來就在挑戰困難的研究，她可不想做出扯人家後腿般的事。萊菈逃也似地離開了健身室並衝進事務室後，便發現已經有一名男性在了。

那人是個五官工整且完美的美男子，萊菈的上司，室長拉烏姆。

「嗨，早啊，萊菈。聽說妳昨天也加班了？」

被拉烏姆清爽地提問後，萊菈說不出話來。

「呃……是、是的。為了檢查明年的預算……去年因為我出錯，導致研究經費不夠，落到不得不緊急動用補充預算的結果……也給室長添麻煩了。」

那時候，是室長拉烏姆去向各方低頭道歉的。還被說了「你們那邊的事務員連預算都編不

好嗎？」這種酸言酸語。萊菈不想再讓拉烏姆遇到那種事，自己也不想再犯同樣的錯了。

「不用在意去年的那件事。為團隊成員低頭，也是室長的分內工作。只要是人，誰都會犯錯。」

但自己只是個事務職員。所謂的「團隊成員」，一般而言是指研究員。事務員明明是從旁輔助研究團隊的角色，卻反過來被輔助，實在太慚愧了。

「……」

萊菈低頭看著自己身上的白色長袍。那是與席巴、拉烏姆穿的相同，沒有任何特別之處的職場制服。

但在世人眼中，這件純白的長袍正是為神工作的優秀研究員的象徵——也就是會令世人有點崇拜的對象。但其實在穿著長袍的人中，真正優秀的只有極少數人。除此之外的，都是為了輔助那「極少數的優秀研究員」而被雇用的平凡一般事務職員。

萊菈也是平凡的普通事務員之一。不，就工作能力而言，也許比平凡更低一點。幸好拉烏姆帶領的研究團隊成員都很溫和穩重，否則她應該會過著天天挨罵或被人挖苦的生活吧。

「總之我要說的是，別太逞強哦。」

「是……是。」

萊菈總算走到自己座位時，一道匆忙的腳步聲響起，緊接著，一名女性闖進辦公室。

「過關——!!」

那名女性員工留著金色的長髮。不知為何雙手分別抱著雙胞胎葳娜與菲娜。她看向萊菈：

「萊菈，我有趕上吧!?」

「……差一點點就遲到了呢。」

萊菈一揮右手，藍色的文字便出現在空無一物的虛空。那是員工的出勤管理畫面，可以見到每個員工拿自己的員工證觸碰打卡機的時間。闖進來的女性——娜夏的出勤時間是八點整，在最後一刻趕上。

「有趕上就沒問題了！」

娜夏哈哈笑著，放下懷中抱著的雙胞胎。

「比起那個，我剛才看到葳娜與菲娜正在欺負席巴，所以就把她們帶過來了。」

葳娜不高興地嘟嘴，將套著寬鬆長袍的雙手交叉在胸前。

「我們才沒有欺負席巴！我們只是幫他加重訓練的負擔而已！」

在她身後，健身完畢的席巴正一邊穿上長袍，一邊走進辦公室。

「手……手臂……舉不起來……」

也許是萊菈離開了健身室後，雙胞胎仍然繼續幫席巴加重「負擔」的緣故，席巴看起來有點無精打采，雙臂無力地下垂。

「席巴……好可憐。」

「菲娜，如果沒有痛苦得要死，就算不上健身哦？」

「……不是那樣的，葳娜。」

席巴很想說什麼，娜夏則哈哈笑了起來。

「是說席巴，你為什麼還要繼續變壯啊？要是再變壯，你的制服可能就要用訂製的囉。」

「……」

「有什麼關係呢娜夏，身體健康是好事。」

眾人早上一來先喧鬧了一陣子之後，便進入了研究室。

萊菈獨自留在辦公室裡，目送風風火火地離開的一行人，輕輕嘆了口氣。房間裡仍然殘留著他們的溫度。

明明可以直接前往研究室的——應該說，其他研究團隊的研究員都是那麼做的——他們卻會顧慮到萊菈，特地先來辦公室一趟。

不管是毫不猶豫地把事務員萊菈稱為團隊成員的室長拉烏姆，或是身為研究員，卻說要幫忙處理事務工作的席巴，就研究員而言都是很罕見的存在。

大多數的研究員都覺得事務員很煩人。畢竟研究員都是擁有頂尖的頭腦或者特殊「術法」而被挑選出來的精英分子，所以有很多人看不起平凡事務員。

可是席巴他們不同。他們理所當然地把萊菈當成自家人。自己待的職場真的是太好了，萊菈再次感慨地想著。

正因為如此，她也想回報他們的溫柔。

「……嗯，加油吧。」

萊菈自我勉勵，走向了辦公桌。

加班確實很痛苦，工作內容也絕不能說輕鬆，即使如此，萊菈還是很喜歡這個職場、這座城市。最喜歡大家了。

這樣的時光會永遠持續下去——她本來是這麼想的。

1

「完……完成了……！」

深夜。櫃檯小姐亞莉納・可洛瓦，正待在營業時間結束後的伊富爾服務處辦公室裡。與平常的加班不太一樣，亞莉納不是坐在自己的辦公桌前，而是坐在接待客人用的桌子旁。桌上展開了一張大型地圖，亞莉納有如俯瞰戰況的軍師一般，居高臨下地看著那地圖。

地圖上的幾個主要地點上釘著圖釘，還有好幾條畫了又被取消的路線，線條多到難以看出原本地形的程度。

不過，經過這樣深思熟慮而導出的「黃金路線」，已經在亞莉納眼中燦然生輝了。

「呵呵……呵呵呵……總算完成了……！」

只有最低限度照明的昏暗辦公室裡，亞莉納手邊的桌燈光線詭異地照射在她的臉上，映出她那駭人的笑臉。

「最完美的……行程……！」

亞莉納大笑的聲音在辦公室內迴蕩，吵醒了趴在自己辦公桌上打瞌睡的後輩櫃檯小姐・萊菈。

「完……完成了嗎？亞莉納前輩！」

萊菈搖晃著剛睡醒的昏沉腦袋，努力站起。「噢噢～」她看向攤開在待客用桌上的地圖，明明沒看清楚內容，但還是發出了感嘆的聲音。

「妳想睡的話可以回家啊……今天又不是平常的加班。」

亞莉納嘆了口氣，一邊把昏暗的照明調回了原本的亮度。由於萊菈中途睡著了，她才會把主燈關掉，只留下手邊的燈光。

「沒有啦～因為我還滿喜歡做旅行企畫的，所以想說可以留下來幫前輩的忙，結果不小心睡著了。」

欸嘿嘿，萊菈以可愛的動作搔頭裝傻，並再度掃視待客用桌上的地圖。她以手指撫過亞莉納所畫的最終路線。

地圖上畫的是一座南北細長型的小島全體圖。名為『黎璐島』的這座小島的沿岸有一座都市，名叫『黎堤安』。

「觀光都市黎堤安嗎～！我一直都很希望這輩子至少能去一次呢～！」

萊菈看著地圖，像是等不及了一般雀躍地說著。她以手指走完亞莉納畫的最終路線後，倏地回頭看向亞莉納，以開朗的聲音說道：

「好期待員工旅行呢！前輩！」

沒錯。亞莉納在職場待到深夜，一個人勤勉地計畫著的，正是「員工旅行」的行程。

——員工旅行。

這是所有冒險者公會的職員都能享有的員工福利之一。由公會負擔部分旅費，讓員工能以較低的成本去一趟旅行。櫃檯小姐是公會的正式職員，當然也享有這項待遇，因此，每年都與職場同僚們進行一次正式旅行就成了慣例。

今年的旅行地點，是離此處伊富爾很遙遠的小島，黎璐島。

在過去，黎璐島因為交通不便又沒有任何特色，所以不被世人注意，但如今已經是大陸知名的「觀光勝地」了。黎璐島上具代表性的觀光都市黎堤安深受女性青睞，是人稱「只要是女生就肯定會想去一次」的夢幻景點。黎堤安不只風景十分優美，還是熱門的求婚場所，甚至還有許多傳聞據稱——有些人只去一次就被當地的魅力吸引，等回過神來，已經在那裡買好房子並定居下來了。

「——『好期待』？」

然而，亞莉納忽然壓低音量，陰沉地瞪著興奮的萊菈。萊菈立刻不安地垂下眉尾。

「前、前輩妳不期待嗎……？」

「……『期待』那種膚淺的詞彙，可不能表現出我心中澎湃的感情啊……」

「咦？」

「總算……總算能去了……我夢想中的……黎堤安!!」

「欸？」

亞莉納喃喃自語著，原本凶狠的表情柔和了下來。她倏地張開雙手，眼神如純真的少女般閃亮，仰天歡呼。

「哈啊——黎堤安，真是太期待了——……!!」

「不是，前輩妳不也說了期待嗎……」

亞莉納無視萊菈的吐槽，握緊拳頭，熱烈地繼續說下去：

「妳知道我花了多少心血，才總算讓黎堤安成為這次員工旅行的地點嗎!?」

「咦？對、對耶……我的確有想過就員工旅行而言，黎堤安有點太豪華了……看之前員工旅行的紀錄，也都是去更近、更低預算的地點。」

萊菈會覺得疑惑也是當然的。說起來，黎堤安無法以傳送裝置（水晶門）輕易前往，必須搭乘數天一班的渡輪才能抵達。除了這個交通費很貴以外，在抵達當地之後，食宿費、馬車費之類的花費也都高得離譜，所以對一般人來說，算是頗為奢侈的度假場所。

員工旅行的預算有限，而且絕對稱不上多。雖然黎堤安曾經好幾次成為旅行地點的候補，但每次都因為預算問題而沒能實現。

「呵，沒錯……為了用有限的預算前往黎堤安，我花了好幾天時間尋找便宜的旅館與餐廳

來壓低支出，並且把所有可以向公會申請的補助金全都申請了一遍，讓預算增加。我用盡了做櫃檯小姐第三年所得到的知識與手段，總算在預算之內實現了這趟黎堤安之旅……!!」

「前輩妳最近天天留下來加班，就是為了這個啊!?」

注意到這點的萊菈臉色發白。

「我就覺得奇怪……！因為就算為了安排員工旅行而加班，也根本沒有加班費啊……！」

沒錯，雖然是員工旅行，但「旅行的企畫」並不在櫃檯小姐的業務範圍之內，所以無論再怎麼加班也不會有加班費。最近這幾週，亞莉納不惜加免費的班，都在精心準備員工旅行。

「那當然，因為白天上班時間根本沒辦法做員工旅行的計畫啊。為了去黎堤安，就算要加免費的班，我也在所不辭。」

「……!!!!」

聽到那麼痛恨加班的亞莉納居然說出了這種話，萊菈像被雷擊中似地瞪大了眼睛。同時，她似乎也理解到亞莉納對黎堤安到底有多麼「執著」。

「為、為什麼不惜做到這個地步都要去黎堤安……？難道說那個因為加班過度而會定期變成惡鬼的亞莉納前輩，其實也只是個懷著少女心的女孩子嗎？」

「後半段是多餘的。」

亞莉納瞪著萊菈，一邊吶吶地道：

「我知道黎堤安這地方，是在我當上櫃檯小姐快滿一年的時候——」

即使是新人也毫不留情地砸下的大量業務、完全不聽人話且蠻不講理的冒險者、以及即使留到深夜也處理不完的工作——剛出社會的亞莉納才一年就被既冷酷又暴力的現實擊垮了。

這樣的日子今後也會繼續下去嗎？就在亞莉納即將被絕望淹沒時，畫有黎堤安風景的宣傳海報映入她的眼中。

「湛藍海面上的綠色島嶼，美麗如畫的純白都市，超脫現實般的美麗風景……！毫無疑問，黎堤安是能讓人忘記鬱悶的現實與工作的場所……！」

回想著當時的感動，亞莉納的聲音發顫。

「所以我發誓，死之前一定要去一次黎堤安！而這個機會正以員工旅行的形式降臨到我身上……當然不能錯失良機。」

「原來黎堤安對前輩有這麼深刻的意義啊……」

「啊，時間也差不多了。」

亞莉納瞥了一眼牆上的時鐘，開始收拾待客用的桌子。萊菈訝異地發問。

「妳跟人有約嗎？都這麼晚了？」

「是啊。要和擔任員工旅行『護衛』的冒險者討論一下行程。」

「護、護衛!?」

這誇張的詞彙讓萊菈不禁發出了驚訝的聲音。

「只不過是員工之間的旅行，還需要護衛嗎……!?雖然說像處長這樣有些地位的人確實也會參加旅行啦……但出動護衛還是太誇張了吧。」

萊菈會覺得驚訝也是正常的。一般而言，去旅行時會安排護衛的，起碼都是公會總部的部長或以上層級的人，或是像富裕階層以及容易被匪賊盯上的商隊。護衛這種東西對普通人來說，是無緣接觸的存在。

「對了，妳是第一次參加員工旅行呢。」

亞莉納以食指抵著下巴，對後輩說明員工旅行的本質：

「說到底，這個員工旅行並不是單純的旅行，而是員工『研修』旅行哦。」

「……研修……？——啊！的確，這次旅行的行程中好像有『參觀當地的冒險者服務處，並與當地櫃檯小姐交流』之類的部分呢。」

萊菈迅速地翻著亞莉納為了這次員工旅行所製作的「旅遊導覽」，眨著眼睛道。

「參觀當地的冒險者服務處」的確是普通旅行不會有的奇妙活動。亞莉納聽完萊菈的話後大力點頭。

「如果想向公會申請旅遊補助，『旅行本身對櫃檯小姐的研修來說具有意義』就是必要條件——為了證明這點，形式上必須塞些像是研修旅行的行程。然後當然，我們得穿著櫃檯小姐

的制服去黎堤安才行。」

萊菈恍然大悟似地睜大眼睛。

「原來如此，就算是人多的觀光勝地，要是有五、六個穿著櫃檯小姐制服的年輕女性一起行動，還是會很引人注目呢。」

「而且同行的男性就只有中年的處長一個人而已。實際上，過去也曾經有許多在旅行當地發生糾紛的案例，所以從幾年前開始就會安排護衛同行了。」

「原來是這樣啊……不過我們的預算夠拿來雇用護衛嗎？」

「……」

面對萊菈理所當然的疑問，亞莉納沉默不語。說實話，由於這次的旅行地點是黎堤安，所以幾乎擠不出護衛費——但她仍然信心滿滿地對面露不安之色的萊菈豎起拇指。

「沒問題。在我的交涉下，這次的護衛答應以破格的超低報酬接下工作哦。」

「破、破格的超低報酬……!?」

就在這時，伊富爾服務處的入口傳來有人開門走進來的聲音。腳步聲離辦公室愈來愈近，隨後門被非常自然地打開了。

「嗨，待到這麼晚，妳們兩個都辛苦了。」

一名銀髮的英俊青年輕鬆地抬手打招呼，走進辦公室。他是冒險者公會中的精英團隊《白

銀之劍》的隊長，盾兵（Tank）──傑特‧史庫雷德。

「傑特大人⁉咦，難道、難道他就是……」

萊菈敏銳地察覺真相，亞莉納見狀抿嘴一笑。

「沒錯。這次員工旅行的護衛會由傑特來擔任哦。」

「前輩，該不會因為是傑特大人，妳就打算讓人家當免費的護衛吧⁉」

「就算免費，我也無所謂哦。」

「怎麼可能無所謂啦！」

「真失禮，我可是有出一點點──」

「給我等──一下！」

亞莉納正得意洋洋地想說明時，卻被從走廊響起的另一道聲音打斷。下個瞬間，門被砰地推開，一名嬌小的少女跳進辦公室。

那乍看之下有如稚齡女孩的娃娃臉少女，是《白銀之劍》的白魔導士，露露莉‧艾修弗特。

「露露莉⁉」

見到她出現，最驚訝的人是傑特。看著驚呆的眾人，露露莉得意地揚起嘴角。

「呵呵呵……！不許自己先偷跑哦，傑特！我也要去黎堤安玩──不對，我也要去當護

衛！」

雖然露露莉嘴巴上那麼說，身上穿的卻不是平時的裝備。

她戴著時尚的寬邊帽、阻擋陽光用的墨鏡，還拉著一只皮製大行李箱，彷彿隨時都能出發的樣子。雖然說要當護衛，但她的打扮根本就是準備大玩特玩的觀光客。應該說離員工旅行還有好幾天，現在的她看起來就是因為太期待而迫不及待、興奮不已的人。

「我露露莉一定會全力做好護衛的工作的！還有還有，一定會用力享受嚮往已久的黎堤安的～！」

耶——！露露莉開心地大叫，踏著開心的步伐走向待客用的沙發坐下。看著她那「來吧，快點討論行程吧！」的模樣，亞莉納疑惑地歪頭。

「我聽說只有傑特能來擔任這次黎堤安的護衛耶……？」

「啊——！妳果然在這裡啊，露露莉！」

一名青年像是在追著露露莉一般衝進辦公室，打斷亞莉納的話。

這名全身黑服、紅髮紅眼的黑魔導士，是《白銀之劍》的後衛(Back Attacker)勞・洛茲布蘭達。

「連、連勞大人都來了……!?」

萊菈張口結舌。就護衛而言，這陣容未免過於豪華。但勞似乎不是來討論行程的，他一進入辦公室，便立刻把得意地靠在沙發上的露露莉扛起來。

「哇哇，你要做什麼⁉」

「露露莉，妳好像誤會了什麼，但要去黎堤安的就只有隊長哦。」

「咦？」

露露莉錯愕地瞪大了眼睛。接著她像是察覺了什麼不好的預感，臉色愈來愈蒼白，支支吾吾地道：

「可可、可是，既然是傑特接下的委託，就等於是白銀的委託……！」

「這次接下委託的只有隊長而已。我們還有其他的事要做，所以這次不能跟去。」

「欸欸欸欸欸欸欸欸欸欸欸欸——！」

勞殘忍地宣告後，露露莉的慘叫聲便迴蕩在深夜的辦公室裡。打擊太大的露露莉僵了幾秒後，開始像鬧脾氣的小孩般淚眼汪汪地亂揮手腳。

「這、這樣太奸詐了！只有傑特可以去，不公平！為什麼是臭男生去女孩子的夢幻旅遊勝地——！換人！」

「妳也講得太過分了。」

「我可以代替傑特當護衛！」

「所謂的護衛要看起來很強才行，妳今天在場會造成大家的困擾的，回去吧——不好意思，打擾各位了～」

勞抱著不斷掙扎的露露莉，快步走出辦公室，露露莉的哀號也逐漸消失在遠方。亞莉納對著如一陣風般離去的兩人沉默了下來。

「好像做了什麼殘忍的事……」

「回來時，我會買點伴手禮給露露莉的……」

傑特尷尬地搔頭說道，接著三人便在總算安靜下來的辦公室裡討論起行程。

2

「──以上就是這次員工旅行的行程。」

大致上說明完畢後，亞莉納闔上了旅遊導覽小冊子。

「路線沒有很複雜，而且當地治安聽說也不錯，總之傑特應該只需要跟著就沒什麼問題了……還有什麼想問的部分嗎？」

「嗯，雖然沒有想問的──」

傑特一臉嚴肅地研讀著旅遊導覽。那欲言又止的表情，使亞莉納戒備起來。

「怎、怎麼樣？」

「硬要說的話，就是──」

停了一下後，傑特猛地抬頭，只見他表情極為認真，冷汗從臉頰滑落，用像是碰到了出乎意料的麻煩般的迫切神情開口：

「——沒想到，我居然會有和亞莉納小姐一起去黎堤安旅行的一天……！」

「啥？」

「說到黎堤安，就是因為過於美麗的街景，而被稱為『白色絕景』的城市……簡直就是最適合約會的場所！還有，雖然知道的人不多，不過當地有著預言巫女的傳說，感覺去聽聽故事也很有趣——啊！還有員工旅行的那天晚上好像剛好有流星雨！天氣預報也說是說會是晴天，以約會情境來說超級完美……！到時候如果還有精神的話就一起去看吧！」

「……」

看樣子，因旅行而心情浮躁的不只有露露莉而已。傑特也與露露莉相同，眼中閃爍著純真的光芒，看起來就像滿心期待出去玩日子的孩子一般。

傑特把黎堤安調查得相當透徹，甚至比承辦旅行的幹事還要仔細。亞莉納看著這樣的他，嘆了口氣。

「果然該找勞或露露莉來當護衛的。」

「呵，妳太天真了，亞莉納小姐。這次員工旅行的護衛必須得是我才有意義。」

「什麼意思？」

看著皺起眉頭的亞莉納，傑特自信滿滿地豎起了食指。

「因為——我是白銀的隊長。」

「!!!!」

亞莉納倒抽一口氣，瞪大了眼睛。傑特短短的一句話，便讓她理解了一切。

「對了……！雖然我完全忘記了，但這傢伙在公會裡的地位很高啊！」

「亞莉納小姐，雖然我知道妳會不小心說出心聲，但希望妳能說得委婉一點。」

亞莉納沒把傑特的玩笑聽進去，迅速在腦中劈劈啪啪地打響齷齪的算盤。

首先，傑特很受櫃檯小姐們的歡迎，只要有他在，其他前輩們就會乖乖聽話了。這樣就不用擔心她們會突然耍任性，無視行程說想東逛西逛，打亂行程的可能性趨近於零。

而且最重要的是，傑特是《白銀之劍》的隊長。其地位在公會中，與探索部門、情報部門等構成公會的最大單位「部門」的首長——「部長」同格。傑特的地位比服務處的處長高太多了。

既然如此，靠著人脈爬到現在位子的處長，肯定會想與傑特打好關係。也就是說，傑特不但能讓耍任性時最難處理的處長閉嘴，還能把傑特推去當說起話來又臭又長的處長的聊天對象……！

也就是說，亞莉納可以盡情享受嚮往已久的黎堤安之旅!!

「處長還有妳的櫃檯小姐前輩們，就交給我搞定吧，亞莉納小姐。」

「太……太棒了……！多麼方便——不對，多麼能幹的男人啊……!?」

事到如今，亞莉納才總算領悟到帶上傑特會有多少絕無僅有的好處，開心得連聲音都在顫抖。護衛反倒只像是附加價值了。

團員在旅行中的不滿或任性，是承辦旅行的幹事最擔心的事情，而且如果抱怨的人是前輩或上司，那就不能無視，處理起來也更加麻煩。只要能封殺那些情況，員工旅行的麻煩就等於解決了八成。

正當亞莉納在腦中打著齷齪的算盤時，萊菈忍不住插嘴。

「可是，這次的護衛都已經是破格的超低報酬了，還要讓他做到那種程度嗎……？說起來，因為傑特大人太有精神了所以我現在才想起來，但他不是才剛出院嗎!?」

「啊，這麼說來好像是這樣呢。」

傑特在數週前舉行的鬥技大賽中受了瀕死程度的重傷，因此最近都在住院。亞莉納也完全忘了這件事，直到被萊菈提醒才想了起來。

「那點小傷，我三天就治好了哦？」

「請不要說謊啦！」

傑特一臉得意地鬼扯，萊菈立刻用力吐槽。

「是說亞莉納前輩！妳到底是給了多少……不，妳到底是以『什麼』收買傑特大人，請他來擔任這次旅行的護衛的？」

「這世界上，有些事還是不要知道會比較好哦……」

「啊！這是心虛時的表情！」

見亞莉納眼神飄忽，萊菈狐疑地揚起眉毛。她以尋求答案般的眼神看向傑特後，傑特便喜孜孜地公布了真相：

「兩瓶亞莉納小姐加班用的魔法藥水！」

「這樣你就能接受嗎傑特・史庫雷德啊啊啊啊————!!」

見到被過於廉價的報酬打發卻依然一臉開心的傑特，萊菈不禁以丹田之力大喊，並跪倒在地上。

「我光是能有『和亞莉納小姐一起去黎堤安』這幾個字，就已經夠開心了……就算拿灰塵當報酬我也願意……」

傑特有如向女神祈禱的虔誠信徒般把手按在胸口，心滿意足地呢喃道。

「……居然像這樣利用傑特大人的感情，亞莉納前輩真是惡魔般的女人……」

見萊菈用彷彿看到不祥之物般的眼神看向自己，亞莉納連忙快速地辯解道：

「藥、藥水什麼的當然只是開玩笑的啊!?雖然不多，但我還是會從預算裡拿出一部分給傑

特當報酬，還會請他吃一頓午餐……」

不過就算真的拿這些當酬勞，金額也仍然不足以雇用《白銀之劍》的隊長就是了。

「總之！這樣員工旅行的排程就完美無缺！只需要到當天盡情玩樂就行了！」

亞莉納握緊拳頭，在深夜的伊富爾服務處如此宣告。

3

「真是的，別跑到別人的職場耍任性啊～」

深夜，空無一人的大馬路上，勞正語氣無奈地叨唸著被他扛在肩上的露露莉。

光看外表，勞實在說不上健壯，不如說就冒險者而言算是身材纖細的。可是與外表不同，勞的力氣意外地大。應該只是沒有特地鍛鍊展示用的肌肉而已吧。假如知道他原本是被闇之公會從小栽培的暗殺者，應該就能理解他外表與力氣之間的落差了。

「……我也想去黎堤安。」

露露莉不高興地小聲嘟噥。聞言，勞輕輕嘆了口氣。

「妳與其說是想去黎堤安，倒不如說是在擔心亞莉納妹妹吧？」

勞一針見血的話語，使露露莉心臟猛地一跳。這男人真的對人觀察入微——露露莉在心裡

對勞精確的發言感到佩服，同時不高興地鼓起腮幫子。

「既、既然你都知道，我們就一起去黎堤安嘛！現在可不是悠哉地留在這裡工作的時候！」

「就算去了，我們也做不了什麼吧。」

「嗚……確實……是這樣沒錯啦……」

雖然勞說的沒錯——露露莉卻仍然無法死心。她不禁想起幾週前在治療院發生的事。

冒險者公會會長——葛倫・加利亞前來探望在鬥技大賽中受傷而住院的傑特與勞，當時露露莉與亞莉納也在場，而葛倫告訴眾人他從闇之公會那裡得知的真相——

十五年前失蹤的四聖之一【大賢者】已經死了。

據說【大賢者】在失蹤後改名換姓，以冒險者身分在某個鄉下小鎮隱居，最後被迷宮內的魔物給殺害了。而【大賢者】當時在那個小鎮使用的假名，似乎是許勞德。

『……許勞德……？』

因【大賢者】的死訊而陷入沉默的病房裡，亞莉納小聲低語。

亞莉納認識許勞德。不只如此，小時候的她和許勞德還非常要好。許勞德對她說「我是沒有實力與戰績的普通冒險者」，偽裝著自己的身分。

『許勞德是……【大賢者】……？那個許勞德……？什麼啊……』

亞莉納也因為突如其來的真相而難掩動搖。即使如此，在冷靜下來後，她又以很有她風格的語氣說『算了，反正人都已經死了』。

見到她的反應，或許會有人覺得不需要做多餘的關心，可是，露露莉有個無論如何都很在意的部分。

『……原來……一直都在對我說謊啊……——』

亞莉納以極小的音量如此低語。

她說著那句話時的側臉，看起來前所未有地寂寞。

「……」

不過在那之後，亞莉納再也沒有露出過那種表情。她似乎也完全不打算知道許勞德的事，只是繼續過著普通的生活。

「在知道【大賢者】……許勞德先生的事之後，亞莉納小姐好像很難過。我們真的一點都幫不了她嗎……」

「唔——……但她本來就是那種不論再難過，也不會想找人安慰自己的類型吧。」

「確實是這樣啦，可是……！」

「——所以我們能幫她做的，也就只有替她找出【大賢者】為什麼會那麼做的原因吧？」

露露莉猛地抬頭，與近在眼前的勞四目相交，他的眼神非常認真。

「所以我不是說了嗎？我們還有其他事要留下來做。」

「！」

直到此時，露露莉才總算明白了一切。傑特之所以要一個人前往黎堤安，不是覺得員工旅行的護衛工作簡單，而是把「這邊的任務」交給了勞與露露莉。

「出院之後，隊長和我總算可以自由活動了。我們要去緋路亞囉。去【大賢者】——不對，許勞德隱居的鄉下小鎮。」

4

「各位！早安!!」

員工旅行的第一天，亞莉納肩上掛著大型側背包，在集合地點的大廣場上充滿活力地叫道。

她單手握著旅遊導覽手冊，環視集合在傳送裝置前的眾人。

參加人數總共十人。也就是包含亞莉納在內的八名櫃檯小姐、服務處處長，以及擔任護衛的《白銀之劍》的傑特。

「是傑特大人……」

「傑特大人居然真的在這……！」

前輩櫃檯小姐們偷看著一臉理所當然地過來集合的傑特，難得地表現出雀躍的樣子。自從在幾天前分發到的旅遊導覽手冊上，看到護衛欄位中寫著傑特的名字後，她們就一直浮躁到現在。

櫃檯小姐們穿的不是便服，而是和平時一樣的制服。傑特沒有攜帶攻略迷宮用的重裝備，只佩帶著長劍輕裝上陣，不過就護衛而言，這樣應該足夠了。

「我是這次旅行的幹事可洛瓦。」

亞莉納說著，翡翠般的眸子燦爛生輝，肌膚因生命力而有光澤。那從全身上下散發出來的喜悅，使傑特驚愕地瞪大眼睛，與身旁的萊菈交頭接耳。

「亞莉納小姐散發著極為罕見的幸福氣息耶……!?」

「傑特大人，請別對亞莉納前輩的幸福模樣感到震驚啦。」

「抱歉。可是亞莉納小姐平常不是看起來很痛苦，就是很生氣，幸福的模樣太稀奇了，一不小心就……」

「可見她真的很期待這趟旅行呢……」

「只要亞莉納小姐覺得幸福，我就也很幸福……」

亞莉納用眼神示意，讓說悄悄話的兩人閉嘴後，朝著傑特的方向伸出了手。

「然後這次我們特別邀請到《白銀之劍》的隊長傑特・史庫雷德大人擔任隨行護衛。」

「我是白銀的傑特・史庫雷德，請多指教。」

傑特簡單地致意後，旅行團中便爆發響亮的拍手與歡呼。

「居然能與傑特大人一起參加兩天一夜的黎堤安之旅……！」

「這是夢，我一定是在作夢！」

「說不定能趁這個機會與傑特大人拉近距離……」

突然爆發的喧鬧聲，使廣場上的人們訝異地看向一行人。說起來，穿著制服的櫃檯小姐集團與穿著輕便服裝的白銀的傑特，這樣的組合原本就很奇特了，所以從剛才起，就一直能感受到不少人朝他們投來好奇的視線。

「各位手上都有『旅遊導覽』了嗎？」

咳哼！亞莉納清了清喉嚨，讓櫃檯小姐們安靜下來，接著她再度打起精神，拿出手作的小冊子。雖然說是手冊，但頁數其實不到十頁，所以很薄。封面上寫著「旅遊導覽」，下方則畫著一對歡笑的男女。

「亞莉納前輩，居然連這種東西都努力做了……」

萊菈在一旁佩服地看著旅遊導覽手冊。身為幹事的亞莉納手工製作了所有人份的小冊子，其中刊載著行程表、當天需要攜帶的物品、旅館介紹、簡單的地圖，以及走散時的集合場所等

各種情報。

「接下來，我們要透過這幾個傳送裝置前往最近的港口，再搭船前往黎堤安。請大家認明這面旗子。」

亞莉納以單手輕輕揮動手中的小旗。那是歷屆幹事代代相傳的旗子，上面寫著「伊富爾服務處旅行團」。是旅行時避免跟丟幹事用的標誌。

「那麼請大家好好跟著我，小心不要走散喔！」

如此這般，亞莉納的員工旅行開始了。

——這時她還不知道，這趟員工旅行竟然會永無止盡地重複••••••——

5

大型渡輪劇烈晃動了一下，隨後停靠在黎堤安的港口。

一下船，熱鬧的喧囂聲就竄入了亞莉納的耳中。

即使是大都市伊富爾的馬路，早上這個時間行人也是寥寥無幾，可是經歷漫長航程抵達的目的地——觀光都市黎堤安的大廣場上，卻早已是人來人往的狀態了。

「這……這裡就是、黎堤安!!」

跟著亞莉納下船的前輩櫃檯小姐們紛紛發出驚嘆。

黎堤安的玄關——也就是兼用為港口的大廣場，約有伊富爾大廣場的三倍寬闊。由於這裡同時也是大型馬車的總站，所以廣場被建造成圓形，中央有個只有從島上回大陸時才能使用的巨大傳送裝置。傳送裝置因為不明原因，無法捕捉黎璐島的座標，所以要從大陸來這裡相當困難。

「這裡就是黎堤安……」

亞莉納一邊感受著自己聲音的顫抖，一邊轉頭環視美麗的風景。

「這就是……黎堤安……!!!!」

號稱不論是誰都會感到嚮往的黎堤安。那街景奪走了亞莉納的目光，讓她看得如癡如醉。

整座都市的景觀都潔白無瑕。

所有建築物的外牆與屋頂都統一刷上了白色塗料，街道上也是一片潔白。

觀光都市黎堤安所在的黎璐島整體面積雖然不大，但是有著明顯的高低起伏。黎堤安也同樣是沿著山坡所建造，整座都市看上去相當立體。市內有許多細長的白色小路，錯縱的階梯與坡路有種復古又可愛的風情。坡道的盡頭是整個市內的最高點，那裡蓋著一座鐘塔；而位於市內最低處的海灣則有數座碼頭，停靠著白色的船隻。

都市周圍是翠綠的森林，上下是一片晴朗的藍天與令人心曠神怡的碧海。在色彩鮮豔的大自然包圍下，黎堤安的白顯得更加耀眼。

被陽光照射的純白都市後方，聳立著一處粗獷的山頭。山頂上有一座古老的教堂。觀光都市黎堤安，是不負「白色絕景」之名的美麗城市。

「哇啊、哇啊啊啊！亞莉納前輩，這裡好美！花了那麼多心血來黎堤安員工旅行，真是太好了呢！……是說亞莉納前輩，妳有在聽嗎？」

「我……真的……來到黎堤安了……」

亞莉納感動到渾身發抖，根本沒聽見萊菈的話。她用力閉緊眼睛，再次睜開，把純白的都市景色烙印在眼中後，才總算確定這不是夢。

從成為櫃檯小姐將滿一年，充滿絕望的那天開始，就一直嚮往不已的旅遊勝地就在眼前。這美到不像現實的景色在轉眼之間，便把亞莉納平時累積的鬱卒之氣全部吞沒，像是慰勞般溫柔地接納了努力忍耐高強度工作至今的亞莉納。

「亞莉納前輩？喂——亞莉納前輩～？……不行，整個當機了。」

「二、三、四……嗯，所有人都到齊了。」

傑特代替因感動過頭而化為石像的亞莉納確認人數後，看著失去說話能力的亞莉納，握緊了拳頭。

「為了讓亞莉納小姐今天能盡情享受這趟旅行，我會全力以赴的……！」

「傑特大人，你還真有幹勁呢……」

「因為亞莉納小姐為了實現這趟旅行花了很多心血嘛。偶爾也想讓她好好放鬆一下——喂～亞莉納小姐，搭馬車的時間要到了哦。」

被傑特搖晃肩膀，亞莉納才終於回神。

「啊、好的！那麼各位，接下來要用走的囉～」

亞莉納連忙輕輕揮動手中旗子，朝目的地邁步。

****

砰、砰，不知何處傳來了放煙火的聲音。一大早就帶著如同祭典一般浮躁氣息的黎堤安，不管走到哪裡都非常吵鬧。

「原來今天是黎堤安的祭典啊。」

「難怪搭渡輪的人特別多。」

「是啊。今天是黎堤安一年一度的祭典……但我的目的並不是祭典。」

「咦？」

「那麼……各位，你們有依照事前告知的，餓著肚子過來嗎？」

亞莉納勾起嘴角笑著，在離港口大廣場不遠的某棟氣派白色大別墅前緩緩停下腳步。

「來黎提安旅行的第一個目的……就是只有祭典當天才會舉辦的，高級甜點吃到飽的活動！」

唰！亞莉納指著那棟潔白的巨大建築物說道。外觀如豪宅的高級餐廳占地廣大，在鐵欄杆的包圍中，有座精心打理過的庭院。

「高、高級甜點吃到飽!?」

萊拉驚訝地瞪大眼睛。

「這麼罪孽深重的活動居然可以存在嗎……!?」

「這間店是專做有錢人生意的高級餐廳‧托尼沙龍。平常是全會員制，必須先預約才能使用，是與普通人無緣的場所……但是只有祭典這天不同。」

亞莉納眼神晶亮。

「只有今天會對一般人開放，而且庭院還有甜點吃到飽的活動！」

托尼沙龍的庭院中設置了好幾張桌子，上面放滿色彩繽紛的蛋糕與點心。每種甜點都做得十分精緻，即使在伊富爾，也很難見到這麼高級的點心。庭院正中央有以玻璃容器堆疊而成的布丁塔，在陽光下閃閃發亮。

除此之外，當然也有供人坐著享用甜點的圓桌，設置在庭園中的各處。每張桌上都被花朵或飾品給裝飾，可以看出花了不少心思。由於時間還早，所以庭園中的人不多，氣氛很悠閒。

「好可愛～！」

前輩們全因托尼沙龍的時尚裝潢與甜點心蕩神馳。不愧是女性嚮往的觀光都市黎堤安中最一流的餐廳，光靠外觀就瞬間擄獲櫃檯小姐們的心，看來他們非常明白客人的需求。亞莉納看著前輩們的反應，滿意地點頭。

「一、一大早就來甜點吃到飽……?!」

傑特大受震撼地說，亞莉納則豎起食指。

「這可是擠滿了粗鄙煩人冒險者的伊富爾中很難見到的高級時尚餐廳哦，當然不能錯過這種只在黎堤安才有機會能嚐到的美食。要是傻傻地等到中午才來，甜點早就被吃光了。好……我們走吧！」

走進大門，身穿黑色制服的服務生們很有禮貌地迎接了亞莉納一行人。像這種場合，深受社會大眾信任的櫃檯小姐身分就很好用。雖然說開放一般人用餐，不過服務生們還是會時時睜大眼睛監視客人有無粗魯的行為舉止。而那些服務生一見到櫃檯小姐的制服，表情立刻柔和了下來。

「請用那邊的盤子，盡情地享用本店的甜點吧。」

亞莉納拿起服務生準備的平底大盤子，把所有種類的蛋糕都放到了盤子上。接著她快步走向空位，拿起一塊蛋糕咬了一口，鮮奶油的甜味便在口中擴散，使亞莉納眉開眼笑。

「啊啊啊～壓力被滿滿的砂糖融化了……」

消除壓力最有效的方法，就是吃下一堆能讓大腦感受到喜悅的甜品。亞莉納跟隨著本能，把蛋糕接二連三地塞進嘴裡。

「亞莉納小姐，妳大早上的還真能吃啊……」

「想宣洩平日的鬱悶的話，暴飲暴食才是正義哦。是用砂糖和壓力做的等價交換！」

「我、我已經吃夠了……」

傑特放下叉子投降。他只吃了亞莉納盤中一半分量的甜點就不行了，實在很沒用。

「雖然我不討厭甜食，但我沒想到一直吃甜的原來會這麼難受啊。我想吃鹹的了……」

失去戰力的傑特說道，坐在他後方桌子的中年處長則以優雅的動作，不斷地將蛋糕送入口中。說不定他意外地是個甜食黨。

「呵，愚蠢。你之所以不追求甜味，就是因為平常壓力不夠多。」

亞莉納搖晃著叉子，揚起沾著鮮奶油的嘴角得意地道。

「亞莉納前輩，那不叫愚蠢吧……」

旁邊的萊菈雖然有些傻眼地吐槽，但她也同樣吃個不停。亞莉納秋風掃落葉般地把盤中甜

點清空後，再度充滿活力地拿著空盤子起身。

「來吃第二盤吧！」

最後，亞莉納吃得比任何人都還要久。

6

在托尼沙龍盡情享用高級甜點後，一行人回到大廣場，搭上大型馬車。

「傑特大人近看更帥呢……！」

緩緩搖晃的大型共乘馬車裡，櫃檯小姐們就像等待這一刻已久似地將傑特團團包圍，紅著臉發出尖叫。

「能和傑特大人一起來黎堤安旅行，簡直就像作夢一樣……」

「傑特大人，下次我們一起去吃飯吧！」

「傑特大人……今晚……要不要來我房間玩……？」

「啊、啊啊、呃——比起那個，妳們快看，外面的風景變了哦！」

傑特就這麼被櫃檯小姐們「傑特大人、傑特大人」地熱烈進攻，亞莉納看都不看他一眼，打開了導覽手冊，開始確認接下來的行程。

接下來的行程，是要去黎堤安首屈一指的著名景點——「岩山上的教堂」。教堂離市中心有段距離，建造於粗獷的岩山山頂。亞莉納大致確認過行程表後抬起頭，開始興味盎然地眺望窗外的山地風景，與遠方的白色城市。

「啊——好美的城市。」

她陶醉地喃喃說著。

「而且只要在這裡，就可以完全不用想工作的事呢。」

雖然她一秒也不想放過任何美景，但睡意還是突然襲向眺望著窗外的亞莉納。

「……嗯嗯……」

她揉著愈來愈沉重的眼皮。這麼說來最近一直為旅行的事而加班，所以睡眠不足。再加上一早就吃了一大堆甜點，也因為順利搭上了馬車而感到安心。像是終於想起來要湧上的疲勞感，使亞莉納稍微閉上了眼睛。

於是她便隨著馬車舒適的晃動，逐漸進入夢鄉。

7

亞莉納猛地睜開眼睛時，窗外的景色已經完全變了。馬車似乎已經來到了山頂附近。

「糟糕，不小心睡著了……！」

「啊，前輩妳醒了？畢竟妳最近一直為了旅行的事加班呢。」

一旁的萊菈苦笑著對慌張的亞莉納說道。就在這時，駕駛座上的車夫回頭，隔著窗戶向車廂內的乘客們朗聲道：

「各位，馬上就要到岩山的教堂了哦！」

出現在窗外的，是建造於粗獷岩山山頂的純白教堂。

8

「歡迎各位來到岩山的教堂。」

伊富爾服務處一行人抵達教堂時，負責導覽的女性已經在門口等著他們了。導覽員也是亞莉納事先安排好的。

「岩山的教堂……近看才發現原來有這麼大阿。」

「好古老！好莊嚴～！」

「感覺很靈驗呢。」

櫃檯小姐們開心地笑鬧著。亞莉納把車資交給車夫，隨後也跟著抬頭仰望教堂。

與市區的建築物相同，教堂也被塗成了白色。乍看之下像放大版的小屋，但是仔細一看，會發現三角形的屋頂上延伸了一座高塔，塔的最頂端則刻有眼熟的圖案。

「那是……」

亞莉納忍不住低語。

中央為圓圈，周圍則有朝八個方位放射狀伸出的線，模仿太陽形狀畫成的魔法陣——也就是遺物(Relic)上一定會刻有的神(蒂亞)之印。

「這座教堂是先人時代留下來的重要建築物之一哦。」

女性導覽員笑咪咪地對仰頭觀察神之印的亞莉納說道。

「教堂內還能看到更多有趣的東西，請大家跟我進——」

就在女性導覽員正要帶領大家進入教堂時，附近突然吵鬧起來。

「工作不順啦——！」

緊接著，莊嚴的教堂內響起一道不合時宜且口齒不清的咆哮聲。往那邊一看，只見一名單手拿著酒瓶、喝得爛醉的男性正漲紅著臉，腳步虛浮地朝教堂走近。

「我想讓預言巫女大人啊——來幫幫我……讓她告訴我哪裡有迷宮啊。」

就冒險者而言，那男人的服裝太過輕便。男人亂叫了一陣子，便被司空見慣似的警衛架走了。教堂周圍一時陷入了混亂，來觀光的遊客們愣在了原地，不知該如何反應。

「哎呀……多哥先生又喝過頭了呢……」

這場短暫的鬧劇讓女性導覽員無奈地嘆氣。

「抱歉驚擾大家了。那位是黎堤安的名人……但最近似乎工作不順，所以一直是那個樣子。」

雖然人不壞，可是在觀光景點吵鬧還是有點……女性導覽員苦笑著說完，轉換氣氛似地拍了拍手。

「好了！不愉快的話題就到此為止，我們進去吧。」

9

教堂內部充滿著不可思議的氛圍。

寬敞的挑高空間裡，除了最低限度的照明與管制觀光客用的排隊引導繩外，什麼都沒有。刻滿牆壁的神之印散發著異樣的氣息。儘管教堂內有許多遊客，卻相當靜謐，明明是白天，室內卻很陰冷。這莊嚴肅穆又沉靜的氣氛，使觀光客們的音量自然地放低。

「從先人時代留下來的建築物……也就是說，這座教堂本來是迷宮嗎？」

一名櫃檯小姐不安地發問。導覽員笑著點頭說：

「沒錯。岩山的教堂原本是C級迷宮，當然早就被完全攻略了，而在上次的『公會總部隱藏樓層事件』後，我們也再度進行了教堂的安全確認，請大家放心。」

這麼說來確實有過那種事呢，亞莉納模模糊糊地想著，一邊環視教堂。就迷宮而言，這教堂算是小型的。沒有複雜的通道，而且只有一層，想完全攻略應該並不困難。

「在這座岩山教堂，可以明白先人們究竟將什麼當作神來祭祀哦。」

導覽員帶著眾人走向教堂深處後，便見到空蕩蕩的教堂中，矗立著一座格外引人注目的雕像。

數段階梯上去後是略高的平臺，平臺上有一座巨大的球形雕像。它微微飄浮於底座上方，八根突起從正圓的球體上延伸出來，彷彿就像立體化的神之印。

「哇……」

「這、這就是……神……？」

不過，令亞莉納等人感到驚訝的，並非那巨大球體所散發的神祕氛圍。

「這顆球……是神嗎？」

一名前輩櫃檯小姐歪頭發問。

在這個時代，大部分的人對先人或先人的歷史都不怎麼感興趣，亞莉納當然也一樣。絕大部分的人也沒什麼機會知道先人當作神崇拜的是什麼，只會有「應該是供奉什麼很厲害的人物

的雕像吧」這種程度的認知。

因此，看到這與想像中大不相同的球狀神像，亞莉納不禁眨了眨眼。

「這當然不是普通的球體哦。」

看著震驚的櫃檯小姐們，導覽員苦笑著說明：

「這是模仿『太陽』的模樣製作的神像。也就是說在先人心中，太陽就是神該有的樣貌。被稱為神之印的八方位魔法陣，據說也是模仿太陽的形狀。」

原來如此，櫃檯小姐們紛紛點頭表示理解。隨後導覽員介紹了成功攻略教堂的冒險者的故事，結束了導覽行程。接著，眾人各自參觀起教堂內部，當亞莉納正想邁步逛教堂一圈時——突然聽到身邊有人在小聲說話。

「…………神……」

那聲音聽起來就像扼殺了感情一般極為平淡。

亞莉納下意識朝聲音傳來的方向看去，便見到萊菈正出神地仰望球體神像。

「萊菈？」

被亞莉納呼喚後，萊菈瞬間回過神來，並慌忙地在臉上掛起了笑容。

「啊，我只是覺得這神像好驚人，不小心看呆了……比、比起這個，我從剛才開始就一直很在意，那是什麼啊？」

不知為何有點慌亂的萊菈，指著一座建造在教堂角落的少女雕像。

「這尊不是球體，而是人的模樣呢。」

雖然少女雕像被放置在教堂角落，它的腳邊卻放著許多鮮花，被裝飾得非常華麗，與教堂整體的莊嚴氛圍很不相襯。

「那是『預言巫女』的雕像哦。」

回答她的，是做完導覽工作後，仍然留在教堂中的女導覽員。

「預言巫女？」

「是的。這是完全攻略完迷宮後才設置的雕像，不是先人的遺物。聽說是數十年前黎堤安的居民擅自設置在教堂裡的。」

導覽員略帶困擾地輕笑後，繼續說明。

「但也能因此明白，對黎堤安的居民而言『預言巫女』有多重要。從古至今，預言巫女一直被當地人視為守護神而備受敬愛哦。」

「這麼說來，這個預言巫女的事情……我好像在哪裡聽過……」

是在哪聽到的呢？看著亞莉納歪頭思考，女導覽員的聲音聽起來似乎有些開心。

「畢竟預言巫女是黎堤安的知名傳說，就算在哪聽過都不奇怪哦。」

啊啊，對了，是傑特說的。亞莉納這時總算想起來了。興高采烈地收集了許多黎堤安資訊

的傑特，好像提過跟預言巫女有關的事。而且剛才那個喝醉搗亂的男人，也說了些請預言巫女大人救救他之類的話。

「據說每當這座城市即將發生危機時，預言巫女就會突然在某人面前現身，留下預言後消失。她的外表是有著一頭金髮的可愛少女，實際上，她曾經預言因大雨造成的洪水以及大型火災，過去就拯救過這座城市好幾次。最近一次是……在大約二十多年前，她保護黎堤安的人們免於遭受魔物的襲擊。」

當導覽員正在說明時，一名年幼的少女跑到了巫女雕像前。她雙手小心翼翼地拿著幾朵花，並以熟練的動作將花朵放在雕像腳邊。

接著，少女將雙手輕輕交握在胸前，有些開心地對巫女雕像說話。

「巫女大人、巫女大人，我姊姊的腳好了一點點。感覺今晚能一起去看流星雨了。而且姊姊最近開始笑了，謝謝您的保佑！希望姊姊能恢復成本來充滿精神的樣子！還有還有——」

仔細一看，來拜訪巫女雕像的不只那少女而已。老婆婆、孕婦、上班前的男性等等……市民們絡繹不絕地來到巫女雕像前獻花，或是祈禱，或是道謝。

「雖然預言巫女其實不是神明，只是傳說中的存在……但是我們黎堤安的居民每當有問題時都會來找巫女大人幫忙。」

亞莉納愣愣地看著那場面，女導覽員則繼續說道：

「那女孩也是，大她兩歲的姊姊因為被魔物攻擊，雙腳無法行走，所以她每天都會來向巫女大人祈禱。」

祈禱姊姊能恢復健康的少女，比任何人都祈禱得更久。她純真地說完自己所有的心願後，再度急匆匆地跑起來，打算離開教堂——這時，她不經意地與亞莉納四目相對。

「是櫃檯小姐耶！」

那一瞬間，小女孩立刻眼神發亮地跑到亞莉納身邊。

「咦？」

「大姊姊，妳是櫃檯小姐對吧！」

見到亞莉納身上的制服，小女孩的眼神閃爍著憧憬的光芒發問。亞莉納不禁被她的氣勢壓倒，點了點頭。

「是啊……」

「我將來也想當櫃檯小姐。和姊姊一起。」

「咦？當櫃檯小姐……？」

「櫃檯小姐不是得一直站著嗎？所以我一直向巫女大人祈禱，希望她能治好姊姊的腳。前陣子她終於可以站一下下了，就連醫生也很驚訝哦。」

「可是櫃檯小姐要加班很痛苦——」

「亞莉納前輩。」

亞莉納忍不住脫口而出。萊菈輕咳了聲，提醒她別說這種可能會破壞孩子純真夢想的話。

「啊、呃——……」

亞莉納閉上嘴，視線四處游移了一下後，彎下身子，讓自己的視線與小女孩同高。

「嗯，希望妳能和姊姊一起成為櫃檯小姐哦。」

亞莉納微笑著說道。小女孩露出燦爛的笑容，用力點頭。

「嗯！」

於是小女孩又如同一陣風似地跑離了教堂。亞莉納目送那小小的背影，輕吐了一口氣。

「多麼純真啊……」

「感覺我們早已遺忘那種純真許久了呢……」

亞莉納跟萊菈一起嘆氣。總之，她們現在已經知道巫女雕像腳下的花都是當地居民所供奉的了。萊菈像是為了轉換心情，再度端詳著雕像。

「留下預言並拯救陷入危機中的人民，原來真的會有那麼不可思議的事情啊。」

「畢竟原本只是小鄉村的黎堤安，之所以能發展到現在的規模，的確都是因為奇蹟般地躲過了好幾次危機的緣故啊。」

女導覽員簡直就像在說自己的事情一般，看起來十分自豪。

亞莉納一行人回到城鎮內後，於大廣場下了馬車，走到黎堤安的大馬路上。

「肚子差不多有些餓了呢～」

萊菈打量起道路兩旁的商店，迫不及待地喃喃道。聽到她的話語，亞莉納眼中瞬間閃過一道銳利的光芒。

「呵呵……我已經找好既便宜又好吃的餐廳了……！」

與教堂截然不同，這裡非常熱鬧，人們熙來攘往，連走路都有困難。

不過這也是當然的，這裡是即將正午的「市場之路」。和緩筆直又寬敞的上坡路旁，聚集了許多食材店或餐飲店，可以說是黎堤安的廚房。

為了招攬吃午餐的客人，每間店紛紛飄出令人食指大動的香味。亞莉納無視那些誘惑，帶著一行人來到預約好的餐廳。眾人坐在位於路邊的戶外座位，於時尚的黑色圓桌前等了一會兒後，服務生便將點好的午餐送來了。那是黎堤安的知名料理——「肉三明治」。它的麵包中夾著厚厚好幾層的烤肉片以及少得可憐的蔬菜。

「哦哇啊啊，好有迫力啊……！」

「該、該怎麼吃呢……」

萊菈與前輩櫃檯小姐們看著那厚厚一層的肉，驚嘆不已。

「哈哈，直接咬下去就行囉，櫃檯小姐們！」

上菜的服務生得意地笑道：

「黎堤安是因探索者而繁榮的都市，所以很久以前就有很多這類方便攜帶又能補充熱量的料理。」

「探索者？」

這不熟悉的單字讓亞莉納不禁疑惑地歪頭。代替午餐時間很忙碌的服務生回答的人是傑特。

「就是指尋找還沒被發現的迷宮的人。」

傑特說著咬了一大口三明治，櫃檯小姐們也戰戰兢兢地吃了起來。

「探索者與冒險者不同，不會進入迷宮進行攻略，但會前往未知的地區尋找新迷宮，並以兜售新迷宮的情報維生。有時也會尋找遺物作為收入。他們需要相應的體力、知識，以及遇到魔物時的戰鬥能力，所以基本上什麼都會做。」

「哦——原來還有這種職業啊。」

「畢竟在伊富爾，探索者的工作通常都會由冒險者公會包辦。不過黎堤安還有不少不屬於公會的自由探索者，因為從以前起，黎璐島就經常發現稀有的遺物。」

「不愧是離伊富爾很遙遠的城市，不論是都市景觀還是工作內容都截然不同呢。」

萊菈感慨良多地連連點頭。至於亞莉納則對探索者完全不感興趣，只是用雙手一把抓住了肉三明治。

「總之來黎堤安，就是要吃這個肉三明治呢……！」

這三明治夾了大量烤肉，重到甚至不像個三明治。剛烤好的肉上流出肉汁，它的鮮味就這麼被麵包給吸收。由於肚子餓的加乘效果，讓亞莉納不禁兩眼放光，大力吞了一口口水。

「那麼，我要開動——」

嘎啊——！這時，一道刺耳的叫聲忽然響起。

亞莉納嚇了一跳，緊接著，某種像是翅膀的物體遮住了她的視野。原來是一隻巨鳥朝著她的手邊向下疾衝了過來。

亞莉納還來不及驚訝，那隻大鳥已經以爪子擒住她手中的三明治，就這樣飛升到高空了。

那是發生於剎那之間的事。

「…………啊？」

亞莉納茫然地低頭看著空空如也的雙手。坐在她對面的萊菈也維持著將要咬三明治的動作僵住了。

周圍的客人一時間也都朝亞莉納看來，但在發現只是隻鳥後，就又回頭吃起自己的午餐，只剩被鳥搶走午餐的亞莉納依然愣愣地望著天空。說起來，聽說因為觀光地的野生動物會搶奪人類的食物，所以要小心才行……大腦當機的亞莉納，依稀想起曾在什麼旅遊書上看過這樣的警告。搶走三明治的野鳥彷彿在嘲笑亞莉納似的，無意義地在空中盤旋。

「……呃……亞莉納前輩……呃、那個……」

不惜無償加班才總算實現的黎提安之旅。對發自內心想享受這趟旅行的亞莉納來說，這狀況實在太不幸了。萊菈想不到能說什麼，手足無措了起來。

「……………………」

在萊菈還沒找到合適的話語的時候，亞莉納倏地默默站了起來。

「亞、亞莉納前輩！我的三明治分妳一半吧？我們一人一半吧！一人——」

「萊菈。」

亞莉納口中洩漏出低沉的聲音。

「是……是？」

「今天的晚餐就吃烤鳥肉吧。」

「咦？」

亞莉納猛地抬頭，咬牙切齒地瞪向在上空盤旋的野鳥，眼中燃燒著激烈的殺意。那野鳥也

因為突然從地面爆發的駭人殺氣，發出奇怪的叫聲加以威嚇，但不知是不是因為明白沒有勝算，所以沒什麼氣勢。亞莉納失去理智地朝著野鳥怒吼：

「這隻臭鳥啊啊啊啊啊啊！！！看我把你做成烤全鳥夾在麵包裡吃掉——!!!!!!發動技——」

「哇——!!!!暫停暫停！！！」

氣到忘我的亞莉納正想發動神域（蒂亞）技能，卻被傑特慌張地阻止了。千鈞一髮之際，他一把摀住了亞莉納的嘴，而野鳥也咻地逃跑了。

「……好、好險——」

確認野鳥完全消失後，傑特把視線移回亞莉納身上。

獵物從視野中消失，亞莉納的怒氣也鎮定下來，她坐回椅子上，雙手抱著膝蓋，顫抖著肩膀發出悲痛的聲音。

「嗚嗚……我的午餐……我的肉三明治……!!」

「……亞莉納小姐……」

「……亞莉納前輩……」

最後，亞莉納只能重新買一次午餐，由於她的模樣太過可憐，所以是傑特請客的。

「是床～！」

亞莉納有氣無力地說著，倒在柔軟的床鋪上。

這裡是旅館的某間雙人房。時間是夜晚，窗外的天空已經全黑了。

午餐後，一行人為了達成申請旅遊補助的條件，立即前往黎堤安服務處進行觀摩，之後他們逛起了當地的特產店，並在美麗的純白都市中漫步。稍微提早吃過晚餐後，第一天的行程就全部結束了。

「哈啊啊～軟綿綿的床鋪好幸福……」

「前輩，當幹事辛苦了。黎堤安之旅真開心呢。」

萊菈心滿意足地道。聞言，亞莉納咬緊了嘴唇。

「雖然我的午餐被那隻臭鳥給搶走了就是了……！」

「不、不過，多虧了傑特大人在，讓妳盡情享受到這趟旅行了嘛。他一直陪處長聊天呢。」

由於傑特不停地與處長聊天，前輩櫃檯小姐們也因為無法隨意插嘴而備感鬱悶。不過也因此櫃檯小姐之間才沒有爆發無情無義的傑特爭奪戰，所以不得不說，傑特不停陪處長聊天是相當正確的選擇。

「確……確實是這樣沒錯啦。」

亞莉納雖然哼了一聲，但她的心裡還是感謝傑特的。託了傑特同行的福，旅途才沒有發生任何突發事件，意外悠閒自在地享受到了黎堤安。

「咦？前輩妳看，好像有什麼活動耶！」

正想拉上窗簾的萊菈，不經意往窗外一瞥後，似乎發現了什麼。

「大家好像都在往鐘塔那邊走呢，我們也去看看吧！」

「活動……？嗯──雖然想去……可是我不想離開這張軟綿綿的床……」

亞莉納在床上扭動，拒絕了萊菈，讓萊菈不滿地噘起了嘴。

噹──鐘塔的鐘聲響起。亞莉納一面聽著鐘聲，一面緩緩地閉上了眼睛。期待已久的黎堤安之旅非常開心，讓她忘了工作的事情，享受到了非日常的時光。不惜加免費的班做計畫，果然是值得的。亞莉納被舒適的疲勞感與充實感包圍，陷入沉沉的睡眠之中──

12

而就從這一刻起，亞莉納天堂般的黎堤安之旅，轉變成了地獄之旅。

連續不斷的震動搖晃著身軀，使亞莉納醒了過來。

喧鬧傳入耳中，是複數女性的說話聲。亞莉納感受著溫暖的陽光，微微睜眼。

但接下來映入眼中的景色，使她一瞬間感到混亂。

「……咦……？」

她正坐在馬車裡。是大型的共乘馬車。乘客除了亞莉納，還有其他穿著制服的櫃檯小姐們、處長與傑特。

「咦？」

亞莉納連忙環視周圍。窗外的太陽已經升到高處，遠遠地可以見到黎堤安的白色城市。馬車在堅硬的道路上前進著，車輪隨著地面的小起伏而跳動。

「咦？？？」

亞莉納愈發混亂，驚訝不已。

第二天的行程什麼時候開始了？

是我睡過頭了嗎？還是我在作夢？

她昨晚明明是睡在預約好的黎堤安旅館裡，是有兩張床的雙人房。她還記得趴進床裡時感受到的柔軟。萊菈跟自己住在同一間房內，外頭的天色已經全黑——

「啊，前輩妳醒了？」

耳邊突然傳來萊菈的聲音。坐在亞莉納身旁的她正輕笑著。

「畢竟妳最近一直為了旅行的事加班呢。」

之前好像也聽過類似的話——在亞莉納試圖回想，腦中有些刺痛時，駕駛座上的車夫回頭並朗聲道：

「各位，馬上就要到岩山的教堂了哦！」

「……咦？」

這次亞莉納終於說不出話來，連眨了兩次眼睛。前輩櫃檯小姐們正看著窗外風景開心地尖叫。亞莉納也趕緊看向窗外景色，隨後沉默了。

建造在粗獷岩山上的白色古老教堂。亞莉納知道這幅景色。因為這毫無疑問是她第二次看到了。

「萊、萊菈，教堂不是昨天就已經去過了嗎……？」

「真是的，亞莉納前輩妳睡呆了嗎——？我們昨天不是還在伊富爾嗎！」

「咦……」

萊菈笑著對亞莉納開玩笑。不知不覺中，馬車抵達教堂，亞莉納一頭霧水地走下馬車，其他櫃檯小姐們則有如第一次看到這座教堂似地笑鬧著。

（等一下，我看過這個光景……）

這就叫既視感吧。

不過所謂的既視感，是覺得過去曾看過類似的景色，跟真的再度體驗同樣的事情又有些不同。

所以這不叫既視感。那這又算什麼？作夢嗎？

「吶……吶，傑特，我問你一個有點怪的問題。」

亞莉納帶著混亂的思緒，筆直走向站在稍遠之處仰望教堂的傑特。雖然她決定旅行期間不主動和傑特說話，但現在是緊急狀況。

「嗯？亞莉納小姐，怎麼了嗎？」

傑特笑著回頭，臉上完全沒有錯愕之色。

「就、就是……」

亞莉納話到嘴邊，又停住了。知道這疑問很奇怪的自覺，使她難以直接問出口。她迷惘不已，視線亂飄了一會兒，但最後又覺得反正是傑特所以沒差，於是豁出去地發問：

「今天，是旅行的第二天……對吧？昨天，已經來過教堂、了吧？」

「？不，今天是第一天哦。我們才剛到黎堤安啊。」

「…………」

亞莉納渾身發毛。傑特詫異地看著僵住的她。

「出了什麼問題嗎？」

「不、不……沒事……」

要說有沒有問題的話，全部都是問題。可是察覺異常的，似乎只有自己而已。亞莉納微微搖了搖頭，離開了傑特。

「……今天是……第一天……？」

不論怎麼想都很奇怪。因為亞莉納還記得旅行第一天已經結束了。員工旅行第一天，他們一大早就從伊富爾出發，抵達黎堤安的大廣場，接著一面欣賞美景一面前往岩山的教堂，然後被野鳥搶走午餐，下午則前往黎堤安服務處做形式上的研修，隨後逛街購物吃晚餐——最後進入旅館的客房，享受舒服的疲憊感，深深陷入柔軟的床鋪中，閉上眼睛入睡。

看吧。記憶明明如此鮮明。第一天的旅程確實結束了才對。

還是說，第一天結束的記憶其實全都只是夢，今天才是旅行真正的第一天？

還是說，這「第二次的第一天」才是夢？？？

（??????）

就在這時，給了思考愈來愈混亂的亞莉納致命一擊的，是某個男人口齒不清的說話聲。

「工作不順啦——！」

亞莉納一驚，轉過視線，便見到一名單手拿著酒瓶、喝得爛醉的男性，正漲紅著臉，腳步虛浮地朝教堂走近。

「我想讓預言巫女大人啊——來幫幫我……讓她告訴我哪裡有迷宮啊。」

「……騙人的吧。」

一樣。和昨天發生的事一模一樣。

昨天也有醉鬼來教堂鬼吼鬼叫，最後被警衛帶走。亞莉納記得那人的名字是——

「哎呀……多哥先生又喝過頭了呢……」

和昨天一樣，女性導覽員看著被警衛架走的男性嘆氣。亞莉納只能愣愣地看著那個場面。

難道說，旅行團所有人聯手起來想整自己嗎？不，他們應該不是會聯合起來去策劃這種事情的組合。而且還把不認識的醉鬼與導覽員拉來演戲，怎麼想都不合理。

（傑特也不可能加入這麼惡劣的惡作劇……）

雖然不是本意，但亞莉納跟傑特已經有好一段時間的交情了，讓她能如此確信。明知道亞莉納打從心底期待這趟旅行，還故意這樣整她的話，之後肯定會被報復得很慘，所以傑特不可能會參與惡作劇。

「亞莉納前輩！導覽員要開始導覽了哦——！」

萊菈扯著愣在原地的亞莉納向前走。亞莉納在沒有任何頭緒的情況下，再次踏入了教堂。

13

「哦哇啊啊，好有迫力啊……！」

參觀完教堂，一行人來到了黎堤安的市場之路。

時間剛好是正午，路上已經充滿了人潮，每間餐廳的服務生都忙碌地在店裡穿梭。和「昨天」一樣，亞莉納來到相同的餐廳，被服務生帶到相同的座位，她低頭盯著放在時尚黑色桌面上的肉三明治。

「一樣……和昨天一樣……」

到目前為止，亞莉納經歷的事，全都和「昨天」一模一樣。

教堂導覽員和「昨天」是同一名女性，萊菈也同樣對預言巫女的雕像產生了興趣。相同的小女孩跑來向巫女雕像祈禱，並以憧憬閃亮的眼神對亞莉納訴說將來的夢想。就連送上肉三明治的服務生，也是同一個人。

「哈哈，直接咬下去就行囉，櫃檯小姐們！」

服務生說了與昨天一字不差的回答後離開了。

「……」

這詭異的情況，使亞莉納對嚮往已久的黎堤安覆上一層寒意。

「亞莉納前輩，妳怎麼了？」

「沒事……」

亞莉納輕輕搖頭，嘆了口氣。

「——騙人，我不相信……！」

亞莉納小聲低語，握緊放在桌下的拳頭，猛地抬起原本低垂的頭。她瞪著桌上的肉三明治，以微微發顫的手一把拿起了它。

「我還……！不打算相信這種莫名其妙的神祕現象是現實……！」

因為，自己是如此嚮往黎堤安。

亞莉納像是在詛咒一般咬牙切齒地說完後，猛地退開椅子起身。

「……亞莉納前輩？」

坐在對面的萊菈詫異地抬頭看向亞莉納。亞莉納沒理她，只是瞪著天空。假如這「重複」不是誰的惡作劇，而是某種巨大的存在在捉弄人的話，亞莉納是不可能吃到這個三明治的。

「來啊，過來試試看……！證明這奇怪的現象！不是大型的惡作劇！」

亞莉納已經是在賭氣了。

「用這種莫名其妙的現象弄髒我如此嚮往的黎堤安，我是絕對！不會原——」

嘎啊——！這時，一道刺耳的叫聲響起。

一隻巨鳥突然朝著她手邊向下疾衝，以爪子擒住她手中的三明治，於轉眼之間飛升到高空。

「——…………諒…………」

那是發生於剎那之間的事。

亞莉納以與昨天不同的理由，茫然地仰望那隻野鳥。

野鳥嘲弄亞莉納似地在上空盤旋。亞莉納看著那野鳥，雙手無意識地張合著，但心中已經不像昨天那樣感到憤怒。

「……呃……亞莉納前輩……呃，那個……」

目睹亞莉納的三明治順間被野鳥搶走，對面的萊菈也僵住了。她張著嘴，不知該對亞莉納說什麼。

「……不、不可以隨便餵食觀光地的野生動物哦……前輩……」

好不容易擠出來的話，與「昨天」不同。

「亞莉納小姐，妳還好嗎!?」

傑特也急忙跑來，確認呆立在原地的亞莉納是否安好。

「有沒有受傷——」

「連鳥，都一樣……」

此時的亞莉納聽不到傑特的關心，只是抿緊發顫的嘴唇。

假如是有智慧的人類，想完全重現「昨天」的行動，並非不可能的事。但野鳥不同。

亞莉納垂著頭，咬緊牙關，用力握拳。

「……我不信！我還不會相信的！」

亞莉納仍然不想承認，嚴厲地瞪著天空，隨後拔腿奔向餐廳門外。

「萊菈！之後的幹事工作就交給妳了！」

「咦？」

亞莉納丟下傻住的萊菈與傑特，離開市場之路。她用力推開為了吃午餐而聚集的行人，向下坡奔跑，一口氣地衝到港口的大廣場上。亞莉納目不斜視地筆直來到巨大的藍色傳送裝置前，大叫：

「我要前往巴爾紐驛站！」

這是個單向通行，只能用來離開黎璐島的傳送裝置。裝置的光芒倏地包圍了亞莉納，將她的視野染成一片潔白。從伊富爾前往黎堤安必須經過好幾個傳送點，最後再搭船才能登島。亞莉納剛才喊的，就是傳送點之一。

反正先脫離這個的情況再說。亞莉納腦中只有這個想法，旅遊幹事什麼的誰管他。

隨後傳送的光芒開始收斂。經過些微的飄浮感後，亞莉納的鞋底踏在堅硬的石地板上。出現在眼前的，是純白的都市。

「咦？欸？」

亞莉納四處張望。不論怎麼看，這裡都是黎堤安的大廣場。她所在的位置只比剛才稍為偏了一點而已。她連忙再次把手放在傳送裝置上。

「……沒辦法從黎堤安轉移出去……」

亞莉納試著改變了三次傳送地點，結果都一樣。她張口結舌地環視彷彿什麼事都沒發生過的喧鬧的大廣場，隨後偶然發現了昨天搭乘的渡輪，便跑過去和其中一名船員說話。

「想出島？啊啊，真不巧，這艘船正等著要維修呢。」

不知道哪裡出問題了，無法發動啊……男人歪著頭說完，爽朗地笑道：

「下一班渡輪要明天中午才會來。如果妳很急，就用傳送裝置回去吧。」

「可、可是那個傳送裝置用不了……」

「傳送裝置用不了？」

男人訝異地眨眼，看向傳送裝置。數名結束旅行的遊客正消失在傳送裝置中，看上去沒有任何問題。

「看起來還能用啊……？」

「……!?」

亞莉納連忙向男人道謝後離開。她站在大廣場上，環視四周。與臉色蒼白的她相反，黎堤安的大廣場充滿活力。美麗的白色都市中，所有人都理所當然地活動著，不覺得有任何異狀。

然而昨天還讓亞莉納看到出神的光景，如今只讓她感到愕然無比。

「為什麼會這樣啊——————!?」

亞莉納的哀號，迴蕩在正午的大廣場上。

14

亞莉納氣喘吁吁地倒在旅館的床上。

「前輩，當幹事辛苦了。黎堤安之旅真開心呢。」

萊菈看著倒在床上的亞莉納，苦笑著說出與「昨天」一模一樣的話。亞莉納確實很疲憊，但那感覺卻與第一天不同。有種在全黑的環境中與未知的敵人戰鬥般的感覺，比起肉體，精神反而加疲勞。

「咦？前輩妳看，好像有什麼活動耶！」

正想拉上窗簾的萊菈，不經意往窗外一瞥後，似乎發現了什麼，以雀躍的語氣道：

「大家好像都在往鐘塔那邊走呢，我們也去看看吧！」

「不要。我動不了了。妳自己去吧。」

「欸～」

進行了與「昨天」相同的對話後，萊菈不滿地噘嘴。

雖然萊菈一臉不滿，但是見到亞莉納一動也不動的模樣後，似乎也放棄了，開始做就寢的準備。

亞莉納把臉埋進被子，緩緩閉上眼睛。床鋪溫柔地接住因耗費過多心力而變得笨重的身體，她感受著被子柔軟的觸感，在舒適的感覺中昏昏欲睡。

（……雖然不知道發生了什麼事……總之……該做的事都做了……第二次的員工旅行……結束了……）

已經充分享受過黎堤安了，亞莉納現在只想趕快回家。她心中只剩下這個小小的願望。噹——鐘塔的鐘聲遠遠響起。

亞莉納聽著那聲音，被睡魔給吞噬。

15

連續不斷的震動搖晃著身軀，使亞莉納醒了過來。

「……嗯……」

朦朧的意識逐漸恢復清晰。

首先感受到的，是明亮的日光。緊接著是女性們高亢的說話聲。屁股正坐在堅硬的椅子上，使亞莉納微微扭動身體。

只能確定這裡……不是柔軟的床鋪上。怪了，自己昨晚明明在旅館的房間內睡著了——

這個疑問出現在腦海的瞬間，令人顫慄的不好預感使亞莉納驚醒。

「騙人!?」

一旁傳來了萊菈驚訝的叫聲，她仰頭看向忽然臉色大變地起身、不停眨眼的亞莉納。

「嚇、嚇我一跳~前輩，妳做惡夢了嗎？畢竟妳最近一直為了旅行的事加班呢……」

萊菈說著，同情般地垂下眉尾。亞莉納不理她，只是緊張地環視車廂內。大型的共乘馬車裡，有前輩櫃檯小姐們、處長和傑特。車窗外能看到遠離都市的堅硬岩石地面。上午的陽光照進窗內，馬車正在道路上顛簸著。

「等一下……難道……」

亞莉納顫聲說著。駕駛座上的車夫回應她似地轉頭：

「各位——」

那耳熟的歡快語氣，使亞莉納的頸部流下冷汗。如今她能做的，只有向神祈禱了。

拜託，求求你，告訴我這只是什麼惡劣的玩笑吧——

「馬上就要到岩山的教堂了哦！」

16

「員工旅行……沒完沒了……」

結束「第三次員工旅行」的亞莉納，終於搖搖晃晃地來到旅館客房。

一進房間，她就立刻倒在床上，比她稍晚進來的萊菈悠閒地笑著道：

「妳在說什麼啊，前輩，明天中午就要回去了不是嗎？員工旅行的第一天結束後，就幾乎等於全都結束了哦！」

「……」

就是那個第一天沒完沒了啊。

亞莉納默默地在心中吶喊，咬緊嘴唇。

太奇怪了。絕對有問題。

亞莉納用力喚醒差點因疲勞而消失的意識，認真地思考起現狀。

（這應該……不是夢。都重複這麼多次了，不可能用夢來解釋。）

亞莉納維持著趴在床上的姿勢，悶悶地思考起來。先不管到底發生了什麼，總之得先結束這種莫名其妙的狀況才行。

可是，該怎麼做？說起來，這迴圈開始得毫無預兆，完全不知道它的原因和機制，也沒有任何頭緒。雖說亞莉納曾經被捲進不少奇怪的事件裡，可是最近根本沒有異常的徵兆，也沒有出什麼問題，只是一直忙於安排員工旅行而已。

（是說……！明明出了這種大事，傑特到底在做什麼啊……！）

由於完全找不到線索，亞莉納只能把無處可去的怒氣毫不講理地發洩在傑特身上。

（思考這種麻煩事明明就是傑特的工作……！那傢伙為什麼能一臉正常地和其他人一樣悠哉哉重複員工旅行啊……！！）

無法與其他人共享這種奇妙的狀況，使亞莉納的精神消耗得更快了。她不奢求出現擅長處理這種事的強者，就算只是變態跟蹤狂傑特也好，只希望有人能和她一起苦惱。光是這樣心境就會完全不同。

（但是沒有人的話也不能怎樣，只好靠自己的力量思考了。唉聲嘆氣是無法解決這個迴圈的……）

亞莉納扔開不知何時養成的向傑特求助的習慣，認真整理起現狀。整理後，也許就能發現之前沒注意到的東西。

亞莉納做了一次深呼吸，冷靜下來。整理這奇妙的迴圈後，大致上是這樣：

「旅行第一天的行程全部結束，進到旅館房間並就寢後，醒過來便會回到第一天上午。」

「只有這點情報是能知道什麼啦————！！！！」

「亞……亞莉納前輩，妳好像很累呢……」

萊菈一臉僵硬地看著雙手用力拍打床鋪、一邊大叫一邊抱頭扭動身體的亞莉納。接著萊菈像是覺得「還是別管她吧……」一般把目光從亞莉納身上移開，伸手拉上窗簾。

「咦？前輩妳看，好像有什麼活——」

「不要！」

「我什麼都還沒說耶……」

亞莉納一句話回絕了她一定會問的問題，從床上坐了起來。她撩起因為在床上打滾而亂掉的頭髮，再次悶頭思考。

（嗯？不對……等一下。「睡覺，醒來後」——）

亞莉納頓時靈光乍現，下一秒便從床上跳了起來並站到床上，像是相信自己已然勝利似地指向空中，以丹田之力大叫：

「只要不睡覺就可以了！！！」

對於亞莉納的怪異舉止，萊菈已經不想吐槽了。「亞莉納前輩壞掉了……」她一邊這麼說著，一邊做起就寢的準備。亞莉納無視她的反應坐回了床上，雙手抱胸開始唸唸有詞。

「沒錯，至今為止，每次都是在睡著醒來後回到馬車的……也就是說只要不睡覺，就可以越過今晚了！這點子挺不賴的吧!?雖然不知道機制是什麼不過這一定就是原因！嗯！」

沒錯，亞莉納「第一次」的員工旅行中，不小心在馬車打了瞌睡。而那次的睡眠，與第一天結束時的睡眠連結在一起了。

雖然不懂原理是什麼，不過那根本無所謂，重點是必須結束這個員工旅行迴圈，設法進入第二天才行。

「好，今晚不睡了……」

在嚴重疲勞的情況下熬夜相當於自殺，但不能小看亞莉納因平時加班而鍛鍊出來的體力。如果通宵能讓她脫離這迴圈，她非常樂意熬它個一、兩天夜。

「明天，一定要回家……!!」

亞莉納用力握拳，眼中燃起熊熊鬥志。

17

喀噔，喀噔。馬車有規律地搖晃著。

亞莉納垂著頭，感受著那規律的搖晃，把拳頭捏得死緊。

「…………………」

大型共乘馬車內，上午的陽光射進車窗，外面可以看到粗獷的岩石道路，以及遠方純白的城市黎堤安。

「各位，馬上就要到岩山的教堂了哦！」

車夫以開朗的口氣說完後，車廂內便變得更加嘈雜了。其他櫃檯小姐們開心地聊天並看著教堂，只有亞莉納低著頭，一個人鬱悶地開起反省大會。

從結論上來說，昨天晚上亞莉納確實沒睡。

她以晾衣服用的夾子夾住眼皮，以物理手段強迫自己不能闔眼。而且還一直挺直背脊跪坐在床上，為了絕對不睡著做好了萬全的準備。

可是，異變卻突然發生。當時她聽到了鐘塔的鐘聲，所以異變應該就是發生在晚上十點整時。亞莉納忽然感受到奇妙的飄浮感，下次眨眼的瞬間，自己已經坐在馬車裡了。

沒錯。幾秒前，亞莉納確實還在旅館的床上，時間也是深夜，而她也沒有睡著。然而……

「……」

馬車很快地抵達教堂，一行人魚貫而出。

「岩山的教堂……近看才發現原來有這麼大啊。」

「好古老！好莊嚴～～！」

「感覺很靈驗呢。」

亞莉納在後方眺望著櫃檯小姐們感嘆的模樣，不過因為自己已經看過好幾次了，所以亞莉納說不出任何感想。原本隨時不離手的旅遊導覽，也早已塞進包包裡了。來到「第四次」旅行之後，就算不看導覽，也熟知所有行程了。別說是行程，就連之後會發生什麼事，遇到什麼麻煩，也全都記得一清二楚。

「呵呵……呵呵呵呵……」

看不到終點的迴圈，無止無盡的員工旅行。回到最喜歡的家——連如此微小的願望都無法達成。面對這地獄般的現實，亞莉納終於開始發笑。她的雙肩詭異地顫抖著，緩緩抬起頭。

「……是這樣啊……是這——樣啊……」

這迴圈，毫無疑問不是作夢。而且還無法輕易離開。雖然不知道是誰做出如此惡劣的行為，但亞莉納的忍耐已經到極限了。

戰鬥。沒錯，這是場戰鬥。是想結束員工旅行的亞莉納，與製造出這該死迴圈的「什麼」的戰鬥。

那傢伙的罪孽深重。不僅把亞莉納捲進這不可思議的現象裡，還玷汙了亞莉納從成為櫃檯

小姐第一年起，就嚮往不已的黎堤安之旅。不可原諒。

「給我記住……製造出這該死迴圈的傢伙……!!等我找到你，一定要揍你個一百億次……!!」

亞莉納咬緊嘴唇，在心裡立下重誓。

18

「前輩，當幹事辛苦了。黎堤安之旅真開心呢。」

亞莉納聽著萊菈不知第幾次的慰勞，一屁股坐在床上。也許是因為已經經歷第四次員工旅行了，這次她不怎麼疲累。

不，應該說非常輕鬆才對。因為換了座位，所以完美地迴避午餐被野鳥搶走的意外——雖然變成其他客人的午餐被搶走就是了——旅行中沒有碰上任何問題，一切都非常順利。

「前輩安排的行程真是太完美了！而且對城裡的路好熟，熟到完全不像是第一次來黎堤安，時間的分配也恰到好處！不惜加免費的班準備，果然是值得的呢～！」

「……因為不是第一次來嘛……」

亞莉納無力地揚起嘴角。重複跑了四次的行程就算被稱讚也開心不起來，不過算了。

「好了……問題現在才要開始……！」

亞莉納眼中閃過銳利的光芒，將雙手交叉在胸前。

就算員工旅行很完美，可是直到入夜，亞莉納還是沒想出該怎麼脫離這迴圈。

「怎麼辦……該怎麼辦？亞莉納・可洛瓦……！！」

亞莉納心中充滿焦躁，皺起了眉——忽地，她注意到窗外的景色。

黎堤安完全入夜後的天空，可以見到滿天星斗與鐘塔。

也許因為黎堤安是觀光都市，路上設置了許多路燈，即使入夜，整座城市仍然被燈照得相當明亮。沒入黑暗中的「純白都市」被魔法光映照成橙色的模樣，可以說是另一種絕景。

「鐘塔……？」

亞莉納眺望著黎堤安的夜景時，忽然想起了一件事。這麼說來，不斷重複的員工旅行中，耳邊總是迴蕩著低沉的鐘聲。因為鐘塔在深夜十點時總會敲響鐘聲。

而每次亞莉納睡著——也就是開始新的迴圈時，都會聽到鐘聲。

「鐘塔！」

亞莉納大叫著，從床上跳起。這時萊菈正想拉上窗簾，不經意看向了窗外。

「咦？前輩妳看，好像有什麼活——」

「走吧！」

不等萊菈問出固定的台詞，亞莉納便喊了出聲。

「咦？我什麼都還沒說——」

「現在就走！」

「咦咦!?等一——」

亞莉納一把抓起側背包，衝出了旅館。雖然天色早已全黑，但馬路上到處都是人，相當熱鬧。

人們欣賞著如夢似幻的黎堤安夜景，並一齊朝著某個方向移動。

他們應該都是去鐘塔那邊參加活動的吧。跟著人群前進後，便簡單抵達了鐘塔所在之處。

亞莉納從包包中拿出長至小腿的禦寒用長袍穿上，並拉起帽兜，混在人群中仰望鐘塔。

與黎堤安的其他建築物同樣塗成純白的鐘塔，在魔法光的映照下，隱隱約約地浮現在夜空中。而在巨大的時鐘盤面上方，有個黃金的吊鐘。

噹……低沉的鐘聲，強烈地迴蕩在亞莉納腦中。

沒錯，每次亞莉納昏昏欲睡時，都會遠遠地聽到鐘聲。隨後回過神時，時間就已經倒流了。

「奇怪，亞莉納前輩——？亞莉納前輩——？」

追過來的萊菈跟丟亞莉納，正到處尋找著她。亞莉納一邊在心裡向後輩櫃檯小姐道歉，一

邊離開人擠人的大街，走進小巷之中。

由於路燈的光照不進來，巷子裡相當昏暗。雖然就在大街隔壁，但狹窄巷內的空氣陰涼又沉重。遠處的大街明亮且充滿了人潮，相比之下，有如觀光都市的表裏兩面。

亞莉納如此心想，確認四下無人後，將手向空中伸去。

「發動技能……〈巨神的破鎚〉！」

沒想到員工旅行中也會用到這股力量，亞莉納忿忿地皺眉。回應她的詠唱，亞莉納的腳下出現白色的魔法陣，伸出的掌心也開始發熱，小巷的濃重黑暗被照亮，巨大的銀色戰鎚（War Hammer）隨著光芒出現。

亞莉納用力握緊戰鎚的握柄，踩著石頭路面輕輕躍至夜空，無聲無息地降落在屋頂上。

她隱身在路燈無法觸及的黑暗中，抬頭瞪著鐘塔。

（時間倒轉前，一定會聽到鐘塔的鐘聲——也就是說，很可能是它在倒轉時間……！）

應該說，原因絕對是它。一定是這傢伙。雖然不懂鐘塔為什麼能倒轉時間，但那種事根本不重要。

「竟敢玷汙我的黎堤安……」

亞莉納握著戰鎚握柄的雙手開始用力。她的低語中帶著強烈的憤怒，眼中充滿殺氣。

如果只是單純的重複旅行，亞莉納應該不會火大成這樣吧。可是這種奇妙的現象是發生在亞莉納嚮往已久的黎堤安。第一天確實非常快樂。明明想帶著那份快樂回憶就此結束的。

「竟敢給我搗亂……！絕對，饒不了你……!!」

長袍的下襬隨風輕揚——亞莉納躍升到高空。

被黑夜掩護著，沒有任何人注意到亞莉納的身影。亞莉納藉著憤怒，一直線地飛躍到鐘塔上方，舉起戰鎚，鎖定目標——

也就是那個可恨的巨大時鐘圓盤。

「這一切都是為了結束員工旅行的迴圈……！」

或許這鐘塔是歷史悠久的重要建築物，也或許有許多人們都期待著鐘塔的活動，但那已經全都無所謂了。因為對亞莉納而言，比起那些，結束這趟員工旅行要來得重要幾萬倍。

「為了、讓我、回家！去死吧啊啊啊啊啊啊啊啊啊啊啊!!!!」

隨著滿懷殺意的怒吼，亞莉納使出渾身之力揮下了戰鎚。

19

喀噔，喀噔。馬車有規律地搖晃著。

亞莉納坐在馬車中，感受著明亮的日光，

「各位！馬上就要到岩山的教堂了哦！」

車夫以明朗的口氣說完，車廂內一口氣嘈雜了起來。

「……………………………………」

前輩櫃檯小姐們擠在窗口眺望外頭的風景時，亞莉納只是面無表情地凝視虛空。

就結論而言，就算破壞了鐘塔，亞莉納還是回到了員工旅行的第一天。

亞莉納轉眼看向窗外，白色的鐘塔矗立在遠方。昨晚明明被亞莉納使出全力的一擊化為粉碎，在深夜的黎堤安造成大騷動，但如今又若無其事地恢復原狀了。

「……」

她的大腦拒絕接受現實。即使馬車抵達教堂，她的心與思考也仍然停止活動。她面無表情地下車後，遠遠聽著前輩櫃檯小姐們不知道第幾次的驚嘆——翠綠色的眸子忽然溼潤了起來。

「……」

鼻腔有些酸澀，抿緊的嘴唇顫抖著，就算亞莉納用力皺眉控制表情，視野仍然逐漸模糊。

「已經……不知道該怎麼辦了啦…………」

她顫抖的聲音自喉嚨中發出。

「到底要我怎麼做啦——！！！」

亞莉納最終只能把雙手撐在地面，垂著頭朝大地吶喊。儘管周圍的遊客們訝異地看著她，亞莉納也已經不想理會了。

沒完沒了。員工旅行無法結束。

已經不知道要怎麼做才能結束這整人的迴圈了。

說起來，亞莉納連到底發生什麼事了都不知道。就算想找人商量，也沒有人能理解現狀。

「到底該怎麼做……——」

「吶，亞莉納小姐。」

上方突然傳來呼喚聲。是傑特。

「……嗚……哼，幹嘛啦？」

「我想問一件有點怪的事……咦？亞莉納小姐，妳怎麼了!?」

見到淚眼汪汪的亞莉納，傑特吞下本來要說的話，錯愕地瞪大眼睛。

另一邊，前輩們已經走進教堂，導覽員也開始進行導覽了。雖然亞莉納也必須快點跟上去，可是她已經沒有那個力氣了。

「吵死了。我沒事。你走開。」

亞莉納吸著鼻子撇過頭，冷淡地拒絕傑特。傑特的氣息當然沒有離去，不僅如此，他還喃喃說出了奇怪的話。

「……難道……不，果然……亞莉納小姐也明白現在的情況嗎……？」

「咦？」

那突如其來的發言，使亞莉納不禁眨了眨眼。她轉過頭，跟一臉認真的傑特對上眼。

「什麼意思……？」

亞莉納小心翼翼地加以確認。在普通的旅行當中，不可能會問出這種問題。

而且，儘管重複了好幾次員工旅行，可是到目前為止，傑特都沒有問過類似的問題，也沒有露出過這種認真的表情。

「亞莉納小姐，雖然這問題很奇怪……」

傑特的聲音聽起來有些沒自信，臉上也摻雜了不安的神色。他問道：

「這次的員工旅行，是不是重複了？」

20

「傑特————!!!!」

回過神時，亞莉納已經大叫著用力抱住傑特了。

「呃啊啊啊啊啊啊亞莉納小姐!?!?!?!?」

傑特僵在原地，漲紅了臉，連耳根子都紅透了。亞莉納不顧他的反應，雙肩顫抖，把臉埋

進了傑特的胸口。

「我一直……一直相信著你哦……」

雖然她心裡其實也埋怨過傑特「為什麼你和其他人一樣在那邊重複過著同一天啊這可惡的跟蹤狂」就是了。

「亞莉納小姐……」

與平常的亞莉納截然不同的柔弱模樣，使傑特確信眼前發生的異常現象並不是錯覺。

「是啊……妳一定很難受吧，亞莉納小……」

「既然你是跟蹤狂就該早點發現啊笨蛋——！！！」

「呃嗚!!」

當傑特伸手想摟住亞莉納的後背抱緊她時，心窩已經吃了一記亞莉納的憤怒鐵拳了。

「我可是因為不斷重複煩惱得要死，卻連你都傻傻地和其他人一起重複迴圈——」

「……這……這也太不講理了……亞莉納小姐……」

傑特吃痛地彎起身體，隨後搖搖晃晃地起身。

「也就是說，這個旅行的第一天果然重複了好幾次嗎……而且妳比我更早就開始重複了……？」

「就是這樣。第一天結束，到了晚上後，等我回過神來時，就回到『前往教堂的馬車』裡

了。雖然完全不知道原因跟理由。」

「我也一樣。等注意到的時候已經在馬車裡了，不只這樣，昨晚本應被破壞的鐘塔也恢復成本來的樣子了。」

傑特說著，瞥了一眼遠處的鐘塔。

「據我所知的『昨天』，晚上有人破壞了鐘塔，引起很大的騷動。可是『今天』的鐘塔卻像什麼事都沒發生過一般恢復原狀了……明顯有問題。」

鐘塔——聽見傑特提到的詞彙，亞莉納額頭冒出冷汗。

「啊啊，鐘塔啊？嗯？壞掉了嗎？哦——？還真不得了呢。」

「……亞莉納小姐，難道——」

見亞莉納眼神飄忽、語氣生硬地附和，傑特似乎敏銳地察覺到了什麼。他微微抽搐著臉部肌肉望向她。

「難道破壞鐘塔的是——」

「怎、怎樣啦……！因為、因為已經沒有其他辦法了嘛!!」

聽傑特以近乎確定的語氣發問，亞莉納也只能自暴自棄地承認。

「我『今天』已經是第五次了！第五次！我只是想說要是打壞鐘塔，說不定就能結束員工旅行的迴圈地獄，這麼一想、我就、停不下來……!!所以才拿戰鎚狠狠敲了下去——！」

亞莉納有如被逼到絕境而不得不痛下殺手的人一般，嘴唇顫抖著。看著那副模樣，傑特似乎明白亞莉納是真的被逼急了，因此閉上了嘴，沉默幾秒後嘆了口氣。

「……反正多虧時間倒轉，鐘塔恢復原狀了，這次也沒辦法。但是亞莉納小姐，遇事就想以暴力解決可不是什麼好習慣哦。」

「要、要你管！」

亞莉納皺眉。但是在知道傑特也發現時間倒轉的事後，她還是在心裡鬆了口氣。明明什麼都沒解決，可是內心安穩了許多。

「是說，你是怎麼知道我也發現了『重複』的事？」

「哦哦，因為其他人的言行舉止全都和『昨天』差不多，只有妳的態度明顯和『昨天』不一樣。而且還很可疑。」

「……」

「話雖如此，這種情況到底該怎麼解決呢……」

傑特搔頭，困擾似地嘆氣。

「好像很不容易解決呢。」

「是啊！就算拚著整晚不睡，或是破壞鐘塔，也全都沒用——」

亞莉納的話說到一半，卻突然停了下來。

因為她察覺到某種氣息忽然落在在自己後方。

「！」

同樣察覺氣息的傑特抓著亞莉納的手，把她拉到自己身後，挺身站在無聲無息出現的「那個」前方。

「是誰？」

忽地憑空浮現身影的，是一名少女。

她有著令人忍不住想多看幾眼的金色瞳眸與金色長髮，連長長的睫毛也同樣是金色的。那一身從沒曬過太陽似的雪白肌膚，以及身上穿著的純白長袍，使她感覺更加耀眼。

純白與黃金，兩個截然不同的顏色，給人一種神祕的氛圍。

「妳是誰——不對，妳是『什麼』……？」

傑特加強警戒，為了隨時都能戰鬥而把手放在腰間劍柄上。他之所以問出這種奇妙的問題是有原因的。

因為那名女性的身體有如幽靈般，是半透明的。

「抱歉，嚇到你們了。」

少女以安靜的語氣開口：

「因為你們似乎——有什麼困擾。」

那女性凝視著傑特，靜靜地發問。

「……什麼意思？」

「例如……這座城市的時間，無法正常地前進之類的。」

「……！」

亞莉納與傑特倒抽一口氣。半透明的女性溫柔地微笑起來。

「你問我『是什麼』嗎？我沒有名字，但是這城市的人們，是如此稱呼我的──」

身上纏繞著不可思議氛圍的女性吸了一口氣，將半透明的手放在胸前，說出自己的名號：

「『預言巫女』。」

21

「預……預言巫女……」

亞莉納瞠目結舌地看著眼前的少女。

預言巫女──在無限迴圈中，聽導覽員說了無數次，就算不想也會記住的傳說。自古以來被黎堤安居民信賴，「能預言未來的不可思議少女」的傳說。據說她偶爾會出現在世人面前，預言城鎮裡即將發生的災難，從古至今多次拯救了黎堤安。

「預言巫女……!?那不是單純的傳說嗎？」

傑特也難掩困惑地皺眉。

少女的年紀看起來與亞莉納差不多，或者稍微年長了一點。金色長髮及腰，隨意地垂在背後。她的神色中並沒有十來歲少女該有的純真，帶有成熟的氛圍。她身體透明、無聲地飄浮在半空中的模樣，雖然會讓人聯想到幽靈，但那柔和的表情卻怎麼看都不像已死之人。

亞莉納與傑特還在發愣時，自稱預言巫女的少女便再次平靜地開口：

「這座城市的時間失控了。一而再、再而三地重複同一天——」

「！」

「每個人都被困在時間的牢籠中……但只有你們掙脫了出來。」

少女朝回過神來的亞莉納與傑特張開雙臂。

「能夠解決這『異常』的只有你們了……所以拜託你們……請務必……務必……拯救這座城市……」

說到一半時，原本就呈半透明的女性身體，彷彿時間已到般變得愈來愈透明。

「這、這是怎麼回事!?喂！」

「等一下！妳知道什麼嗎!?」

傑特與亞莉納連忙叫住即將消失的少女，但她的身影逐漸消失，融化在周圍的景色之中。

「只能靠你們了，請務必──」

「拜託等等！等一下啊……！」

亞莉納急忙朝少女伸出手，但是少女卻輕飄飄地向後飄移，無法觸及。

「──就叫妳『等一下』──」

亞莉納向前踏出一步，握緊拳頭。

原本差點自暴自棄的亞莉納的心底，逐漸湧上一股不能說是憤怒也不是鬥志的黑暗感情。

他們被困在這莫名其妙的迴圈中，找不到解決的線索。此時好不容易出現了一個似乎知道什麼的傢伙，卻只是擅自說了些話就打算消失，然後把他們繼續困在這莫名其妙的狀況裡。

怎麼能眼睜睜看著她逃走。

怎麼能讓她逃走……!!

「是聽不懂嗎啊啊啊啊啊啊──!!!!」

被逼急到不管不顧的亞莉納怒吼一聲，跑近少女身邊，使出渾身的力量打在少女的臉頰，將其揍飛。

「噗咕！」

亞莉納的拳頭狠狠打中了少女的側臉，被全力毆打的少女整個人飛了出去，摔在地上。

「「……啊？」」

同時發出呆愣聲的，是沒料到亞莉納居然會攻擊這名帶著神祕氛圍少女的傑特，以及沒想到自己會被揍的少女。

「咦？等、亞莉納小姐……？」

亞莉納大步走過不知所措的傑特，朝少女走近，氣勢洶洶地站在她面前。

「妳——」

由於是半透明的身體，應該無法實際打中她才對，可是不知為何，亞莉納的拳頭卻能奏效。少女搖搖晃晃地坐起，摸著自己臉頰，難以置信地抬頭看著亞莉納。

「妳打我!?妳居然打我!?打我這個神祕的存在!?雖然我沒有痛覺……!可是妳居然打了我這個神祕的存在!?」

「吵死了給我閉嘴……」

亞莉納發出如地鳴般低沉的危險聲音，低頭看著坐在地上的少女。

「噫！」

亞莉納低著頭，因為背光所以看不清表情。也許是從她身上感受到難以言喻的殺氣，預言巫女身子一顫，閉上了嘴巴。

「妳以為只要裝神弄鬼留下那種說了等於沒說的廢話消失，我們就會幫妳處理嗎？」

「咦、咦？」

少女連連眨眼，看向低垂著頭、身上卻散發著驚人氣勢的亞莉納。

「我可是已經被迫重複五次員工旅行了哦……！什麼叫拯救這座城市啊……想求救的明明是我好嗎……！」

亞莉納沉聲說完，緩緩抬頭，雙眼充滿殺意，搖曳著危險的光芒。

「噫!?」

看到那恐怖的眼神，自稱巫女的少女臉色也愈來愈蒼白，身體害怕地瑟瑟發抖。

「想拜託人幫忙的話！就把要做什麼的內容說清楚再拜託啊！妳那根本只能算是甩鍋！是說想改變這狀況的話，妳也給我死命幹活啊————!!!!」

「噫噫噫噫噫!?」

亞莉納揪住少女的領子，惡狠狠地瞪著她。巫女慘白著臉，有如被蛇盯上的青蛙似的，用力掙脫亞莉納的手，逃到傑特身後。

「救、救命啊！這個人未免太危險了吧!?」

躲在傑特背後指著亞莉納求救的巫女，幾秒前的那種神祕感已經不知去向，連說話語氣都變了。雖然她的身體仍然是半透明的，可是原本即將消失的四肢，不知何時恢復成原狀了。

被當成護盾的傑特困擾地刮著臉頰。

「亞莉納小姐很危險這點確實無法否定啦……」

「啊啊!?」

「雖然她其實一點也不危險，只是個可愛的櫃檯小姐而已，不過，既然亞莉納小姐已經進入那個模式了，想保命的話，最好還是誠心誠意地回答她比較好哦。」

「……」

傑特絕對沒有說謊，從亞莉納身上散發的驚人殺氣便可證明。那凶暴的模樣，使躲在傑特背後的巫女自言自語了起來。

「太、太奇怪了……！以前只要稍微裝出神祕感，說些有點深奧的話，人們就會自己解釋並行動起來的說！為什麼這次不管用——」

「喂巫女。」

「是、是！」

「把現在這城市發生的事淺顯易懂地說明給我們聽。還有，妳也給我作為當事者一起想解決的方法。我只想趕快脫離這個員工旅行迴圈回家。聽懂了嗎？」

「……！」

亞莉納劈劈啪啪地折著手指，皮笑肉不笑地走近，讓自稱巫女的少女更加蒼白了。

「抱……抱歉這麼晚才自我介紹。我的名字是娜夏。」

輕咳了一下後，預言巫女——娜夏把手放在胸前，有禮貌地敬了個禮。

「嗯？妳剛才不是說『我沒有名字……』嗎？」

被傑特純粹但殘忍地直接指出，娜夏瞬間面紅耳赤。

「因……因為我覺得那麼說……感覺比較有氣氛……」

或許是因為被特地點出這件事而感到羞恥，娜夏不禁溼了眼眶，但仍然以微弱的聲音乖乖回答。傑特與亞莉納與娜夏拉開距離，眺望著羞愧顫抖的她，交頭接耳起來。

「看來她真的很重視神祕感呢……」

「是靠著好像很厲害的感覺，裝模作樣騙吃騙喝的類型呢……像是靠著拍老闆的馬屁升職的人，或是那種整天東管西管的女上司……」

「總……總之！這一天一直在重複！」

無法承受兩人視線的娜夏強行改變話題。

「因為時間無法前進，所以我也看不到未來，這樣一來我好不容易塑造的『預言巫女』帥氣的神祕感（尊嚴）——不對，我就無法完成巫女應盡的職責，所以很困擾……」

「總覺得她剛才好像說了什麼暴露私欲的真心話——」

「這現象絕對不可能是自然發生的！一定是有什麼人在讓這座城市的時間循環！這樣根本就是在妨礙我的業務！」

娜夏大聲打斷傑特的吐槽，激動地揮著拳頭。亞莉納與傑特忍不住面面相覷。

「……也就是說，就連『預言巫女』也不知道為什麼會變成這樣啊。」

「又回到原點了啊……是說只會擺出事態嚴重的樣子就打算跑掉的這個巫女，到底是出來幹嘛的？」

「別、別那麼自然地說那麼傷人的話啦!?」

「說到底，『預言巫女』到底是什麼？」

傑特歪頭發問。娜夏得意地挺胸，一臉早就等這個問題很久了的樣子說：

「『預言巫女』就是『預言巫女』。是自古以來一直保護這座城市的，又神祕～又受人敬愛～的存在哦。」

「然後，事實上呢？」

「把把把把把我想成對這個世界還有留戀的幽靈般的存在就行了……！」

聽到亞莉納皮笑肉不笑地發問，娜夏不知為何有些畏怯地縮了縮身體回答道。

「幽靈嗎……確實挺像的……畢竟半透明，又能飄在空中……？」

看見傑特沒什麼信心地試圖接受這說法，亞莉納不禁皺眉。

「你有看過幽靈嗎？」

「不，沒看過……這種事勞比較擅長。」

「是說，如果真的是幽靈，就不會被我打中了吧？」

亞莉納凌厲地瞪著娜夏。娜夏緊張地躲回傑特身後，隨即朝前方伸出手。半透明的手輕易地穿透了傑特的胸膛。

「喏！妳看！我沒有騙你們哦！」

穿過傑特胸膛的手以誇張的動作張開又握拳。傑特覺得有些噁心地僵著臉，低頭看向從自己胸口長出的半透明手臂。

「……先不管是不是幽靈，但確實不是普通的人類呢。」

「既然如此，那我為什麼能打中妳啊？」

「這個……我才想問啊。我以這個姿態存在很久了，但還是第一次被人揍哦……」

娜夏歪了歪頭，似乎也很困惑。

「總之先來想想該怎麼解決這迴圈吧。」傑特說著，若無其事地橫向移動，離開娜夏穿過自己身體的手。「假如這現象是人為引起的，最有可能的就是技能了。」

「的確，既然有停止時間的技能，說不定也有重複時間的技能呢。」

傑特點頭同意亞莉納的話，瞥了她一眼。

「可是，如果真是技能，那麼對方使用的必須是神域技能，才能把擁有神域技能的亞莉納小姐也捲進來。例如葛倫的〈時間觀測者〉雖然能停止時間，但因為是超域技能（西格魯德），所以對亞莉納小姐不管用。」

「唔，有道理……」

「雖然不知道是不是技能，但有件事是可以確定的。」

正當兩人的思路陷入死胡同時，娜夏忽然插嘴。

「可以確定的事？」

「你們以為這個迴圈是完全重複同一天，對吧？但其實有點不一樣。」

「哦？」

「例如……對了，你們看他。」

娜夏指著教堂。前輩櫃檯小姐們已經開始聽著導覽員的說明，陸續走進了教堂。

就在此時，一名男性從後方走上前。他穿戴輕裝，武器也只有一把插在腰間的護身用短劍而已。就冒險者而言，他的裝備有些輕便，沒有在防具上花錢，取而代之的是腰帶上掛著攜帶型的望遠鏡、小型十字鎬、堅固的皮手套，還揹著大型的皮製背包。與其說是冒險者，打扮更像探險家。

「咦？那個男人……」

男人特殊的裝扮讓人有點眼熟，才發現他就是過去幾次的迴圈中，在教堂大吵大鬧的那個男人。他前幾次都單手拿著酒瓶，鼻子因酒精變得通紅，喊著「工作不順」鬧事，可是這次完全沒有失控的感覺。

也許是見到認識的人了，男人揚起快活的笑容，與對方交談了起來。

「工作好像可以很順利！這都是託了向巫女大人祈禱的福，所以我是來道謝的。」

太好啦，下次再告訴我詳情吧！友人豪邁地拍著男人的後背，男人隨後開開心心地走進了教堂。

「……那男人『上次』不是因為工作不順利，喝醉酒在教堂吵鬧嗎？」

傑特似乎和亞莉納有相同的疑問，訝異地皺眉。

「不只那男人哦。根據我的觀察，整座城市『這次的今天』和『上次的今天』之間，出現了許多不同。實際上，傑特也意識到迴圈的存在了對吧？」

傑特微微睜大眼睛。娜夏點點頭，再次看向亞莉納。

「從『第一次』起，我就一直在注意妳的行動。妳在『上次的今天』破壞了鐘塔，引起很大的騷動。然後下一次，也就是現在，不但傑特意識到迴圈的事，整座城市也開始出現變化……基於妳做出的大動作，使迴圈後的『今天』與前幾次有所不同——」

娜夏指著亞莉納：

「也就是說，亞莉納！妳就是這迴圈的關鍵！」

被半透明的人物指著鼻子，現場暫時沉默下來。

「我是……關鍵……？」

就算娜夏那麼說，亞莉納也沒有頭緒。她大大地眨了兩次眼睛——隨後便像忽然察覺到什麼大事般表情一僵。

「……啊！等一下……也就是說……！」

「怎麼了，亞莉納小姐，妳發現什麼了嗎!?」

「沒錯……娜夏……也就是說，妳……！」

亞莉納嚴肅地點頭，凝視著娜夏。她猛地抓住呆愣著的娜夏那纖細通透的肩膀。

「從一開始，妳就沒有打算幫助被捲進迴圈裡困擾不已的我，只是一——直在旁邊看著而已，是吧!?」

「咦？啊。」

直到此時，娜夏終於發現自己說錯話了。她臉色蒼白，慌張地搖動雙手。

「呃呃呃呃——不是，那個，這只是那個，該說是所謂戰略性觀察……」

也許被亞莉納說中了，娜夏明顯地慌亂了起來，最後，她像是認命了似地互相戳起雙手食指，眼神在空中游移，斷斷續續地招認：

「因、因為……我觀察了下妳的行動後發現，妳不是因為午餐被鳥搶走就想把牠抓來烤，就是突然打壞鐘塔，就讓我覺得妳看起來不像是能好好說話的野蠻人……剛好這次看起來能溝通的傑特也發現了迴圈的事，所以我才想說，要現身的話就得趁現在。」

「哼——也就是說，妳因為害怕，所以連續四次把我放著不管……」

「嗚哇啊啊對不起對不起可是真的很恐怖啊啊啊啊啊。」

「快、快住手啊亞莉納小姐，妳之所以會被連續觀察四次就是因為這點啊。」

被傑特規勸，亞莉納噘著嘴向後退了一步，與害怕的娜夏拉開距離。

「我開玩笑的。我只是有一——點點不爽。真的只有一——點點不爽而已。」

「總、總之也就是說，根據亞莉納小姐的行動，會讓不斷迴圈的『今天』的內容逐漸發生改變，對吧？」

「沒……沒錯。亞莉納所引發的行動，恐怕會像撞球一樣影響到所有現象，最後導致循環的『下一次』也被影響……」

「但就算知道這點，也還是解決不了任何問題不是嗎？如果我到處破壞就能結束迴圈的話，我很樂意去做就是了。」

「我打從心底求妳千萬別那麼做，亞莉納小姐。」

「我、我想，引起這個迴圈的某人，應該是在等待『什麼』發生吧！」

當亞莉納正打算盡情發洩幾次迴圈下來累積的憤懣時，娜夏連忙豎起食指提出一項假說。

「什麼意思？」

「唔，簡單來說，倒轉時間的某人或許是為了追求『理想的今天』，才會不斷地讓這一天重複下去……的意思。」

「也就是說，直到『理想的今天』到來為止，那個人會一直讓它迴圈、變化下去嗎？」

「沒錯。因為如果只是想重複同一天，就不需要讓亞莉納發現時間在輪迴了。這舉動有明確的意志在內。所以我想，只要那個人『理想的今天』實現了，就能脫離這迴圈了。」

「所以我得一直重複這個迴圈，直到那傢伙滿意為止嗎……!?」

娜夏一臉認真地看向皺著眉的亞莉納。

「拜、拜託了！我希望這座城市能夠往未來前進。我只能拜託你們了……！」

23

夜晚，亞莉納穿上禦寒用的長袍，偷溜出旅館，來到黎堤安某間酒館的角落。

說是酒館，但店裡的氛圍與每晚都聚集了粗鄙煩人的冒險者、嘈雜喧鬧的伊富爾酒館完全不同。只能說不愧是觀光勝地，這酒館甚至還有露天座位，給人既時尚又放鬆的感覺。

亞莉納在一個露天座位坐下，靠躺在椅背上。

「哈——……果然做到第五次之後，幹事的工作也會變得能夠輕鬆完成了……」

甚至可以開始挑戰如何更完美地走完行程，或是如何更迅速地回到旅館了。至於迴圈本身，亞莉納也已經開始習慣了，加上傑特也意識到了迴圈的事，讓她強烈的孤獨感也消失了。話雖這麼說，亞莉納還是找不出脫離迴圈的方法。她回憶著白天時「預言巫女」娜夏說的話，喃喃自語。

「難不成真的要一直迴圈下去，直到某人『理想的今天』實現為止嗎……」

「很難說呢。」

與亞莉納同樣沉著臉低語的，是坐在她對面的傑特。兩人是為了進行作戰會議，才悄悄地約在酒館見面。

「要是起碼能夠知道對方在追求什麼，就能擬定對策了……不過說到底，我們也不知道到底是誰做的。」

「我只要能結束這趟員工旅行，怎樣都好……」

亞莉納趴在桌上，悶悶地說著洩氣話。這時，面向馬路的露天座位忽然喧鬧了起來，行人也陸續增加。明明已經該是夜深人靜的時間，城裡卻反而愈來愈熱鬧。亞莉納抬起頭道：

「怎麼會這麼吵啊，明明都深夜了。」

「啊啊，是因為這個吧。」

傑特指著貼在酒館牆上的海報，上面畫了許多流星在鐘塔後方飛舞，似乎很愉快的場景。海報上寫著今天的日期，與『流星觀測會』的字樣。

「……『流星觀測會』？那是什麼活動？」

「每年的今天，這裡似乎都可以看到大量的流星。因為鐘塔所在的山崗上視野最好，所以大家都會去那裡看流星。」

「哦……這麼說來，萊菈也說過鐘塔那邊好像有什麼呢。」

每次的迴圈裡，回到旅館時，萊菈似乎都想找亞莉納去鐘塔，可是亞莉納幾乎都沒有理會過她。看樣子她想去的應該就是這個活動了。

傑特深深地坐在椅子內，仰望夜空。不知為何，這裡的天空似乎比伊富爾更遼闊。

「今天空中也沒什麼雲，應該可以清楚地看到流星吧。要不是有迴圈問題，真想和亞莉納小姐一起看流星呢……」

「為什麼我非得和你一起去看流星不可啊？」

「亞莉納小姐，妳都沒有任何浪漫情懷嗎……？」

「少囉嗦。」

亞莉納正瞪著大受震憾的傑特時，忽然感受到微風一般的氣息，隨即便傳來了少女的聲

音。

「居然對黎堤安的流星雨完全不抱憧憬，果然是野蠻人……」

出現在酒館內的是金髮美少女娜夏。她躲在傑特身後，以別有深意的表情遠遠看著亞莉納。

「妳說什麼？」

「我什麼都沒說。」

「其他人好像都看不到娜夏呢。」

雖然娜夏無聲無息地憑空出現，但是酒館中沒有任何人感到驚訝。看樣子，其他人似乎都沒有看見她。

「我可以在某種程度上控制哪些人看得到我哦。因為我是高性能幽靈！」

「什麼是高性能幽靈……？」

「說到黎堤安的流星雨，可是很有名的約會地點哦？傳說中，和戀人一起在鐘塔旁的山坡上看流星雨的話，就能永結連理……」

「永結連理!?」

傑特猛地從椅子上站了起來，把臉湊近娜夏，表情忽然變得極為認真。娜夏因為那激動的模樣有點退縮，但還是大大地點了點頭。

「是、是啊。我見過許多情侶在看了流星雨後結婚哦……在寒冷的夜晚肩並肩，一起眺望廣闊的夜空，向流星祈求幸福。或許是因為共度了那麼特別的時光，兩人的心中產生了什麼溫暖的感情吧。」

娜夏有如憧憬浪漫愛情故事的純真少女似地將雙手交握在胸前，陶醉地說完後，對亞莉納與傑特笑道：

「雖然現在是時間無法前進的異常狀況，但既然都來旅行了，我希望亞莉納和傑特你們也能享受一下黎堤安。因為黎堤安是我自豪的城市啊！」

「是啊！既然妳都這麼說了，我們就去——！」

「現在可不是悠閒地和傑特去看星星的時候啊。」

傑特銀灰色的眼眸閃爍著光芒，握拳說著，亞莉納卻冷漠無情地打斷了他的話。

「……」

「……」

亞莉納過於直接的發言，令傑特默默地坐回椅子上，抱著膝蓋縮起了身體。娜夏以摸不到傑特的手摸了摸他的背。

「亞莉納果然是沒血沒淚的野蠻——」

「妳說什麼？」

「我什麼都沒說。」

「總……總之，先說下一個吧。」

半晌後，也許是從打擊中恢復了，傑特搖搖晃晃地起身，並轉換心情似地咳了一聲，勉強擺出嚴肅的表情。

「下一個？」

「我在這次意識到迴圈的存在，亞莉納小姐也見到了預言巫女。這是之前沒有過的巨大變化。既然如此，下次的迴圈應該也會有其他變化才對。」

「……到頭來，還是只能慢慢地引發變化啊。」

唉，亞莉納的嘆息在酒館的喧囂中響起。好想快點回家啊，亞莉納心想著。

＊＊＊＊

馬車有規律地晃動著，亞莉納醒了過來。

當然，這是前往教堂的馬車。

時間果然又再度回溯了。亞莉納心中充滿各種感慨，但這次的迴圈有點不同。至少她遇見了預言巫女，傑特也意識到迴圈的事了。與上次相比有明顯的進步——亞莉納如此說服自己，

並做好覺悟似地呼了口氣後，看向同樣以若有所思的表情坐在車廂中的傑特。傑特與亞莉納對上視線，輕輕點頭。

（……也只能上了……！一切都是為了終結這迴圈，然後回家……！）

亞莉納握緊拳頭，再度下定決心。於是，「第六次」的員工旅行開始了。

24

「歡迎來到黎堤安服務處！」

「第六次」參觀完教堂，並順利地吃過午餐後，伊富爾服務處旅行團來到設置在黎堤安的冒險者服務處——黎堤安服務處。與城裡的其他建築物相同，黎堤安服務處的外牆是純白色，內部空間相當寬敞。

「歡迎伊富爾的各位遠道而來。」

負責接待亞莉納等人的，是有著淡茶色短髮的可愛櫃檯小姐，莘茜雅。她的年紀似乎與亞莉納差不多，臉上總是掛著讓人喜歡的可愛笑容。

這是員工旅行時的慣例，為了申請補助款而排進行程的，名義上的研修觀摩活動。

當然，這是亞莉納第六次來到黎堤安服務處，也是第六次與莘茜雅交談。亞莉納熟練地掛

起第六次的營業用笑容。

「感謝貴服務處在百忙之中抽空接待我們。」

這只是名義上的研修觀摩，黎堤安服務處當然也明白這點，雙方心照不宣。也因此，亞莉納等人只會稍微參觀服務處，在這裡逗留十五分鐘左右便會離開。到目前為止的迴圈中，觀摩黎堤安服務處時也都沒有發生任何事，順利地結束了。

（到目前為止都沒有特別的變化呢……）

不過亞莉納依然多少懷著警戒，在莘茜雅的帶領下進入了黎堤安服務處。娜夏認為上次、也就是「第五次」時，亞莉納遇見了她，因此這「第六次」應該也會出現什麼巨大的變化。從前往教堂到吃午餐為止，都沒有什麼特別大的變化，因此假如真的有變化發生，應該是在下午。亞莉納瞥了一眼傑特後，發現他的表情有點嚴肅，也許是也在警戒吧。

「這裡是黎堤安服務處的辦公室。」

在莘茜雅的催促下，亞莉納等人進入櫃檯小姐做文書處理用的辦公室。

辦公室裡有排列整齊的辦公桌、保管文件的櫃子與待客用的大桌子。雖然規模稍小，但是內部與伊富爾服務處的辦公室幾乎沒什麼不同。幾名櫃檯小姐正坐在桌前工作，但也許並不忙碌，只見她們一邊處理業務還一邊閒聊著，整體的氣氛很悠閒。

「布置得很整齊呢。」

「雖然忙起來時會更凌亂一點……不過最近沒有發現新迷宮，所以大家都很輕鬆，今天甚至有好幾名櫃檯小姐請有薪假呢。」

處長的話使莘茜雅難為情地搔了搔頭。

的確，雖說現在不是忙碌時期，但會把事務用的道具與文件細心地分類收納，或許是該學習的部分。雖然伊富爾也有做最低度的整理，但只要一忙起來就會瞬間變得一團亂，所以比這裡還要再雜亂一點。說不定黎堤安服務處有特別熱愛整理的櫃檯小姐——亞莉納這麼想著，並悠閒地進行第六次的參觀，就在這時——

「那、那個……」

走在前方的莘茜雅忽然忸忸怩怩地向亞莉納攀談。

「有什麼事呢？」

亞莉納歪了歪頭，但莘茜雅仍是一副靦腆的表情，目光游移、欲言又止。這是前幾次參觀服務處時沒有的行動。亞莉納正感到訝異，莘茜雅便下定決心似地開口發問：

「請問您就是亞莉納・可洛瓦大人嗎……!?」

這瞬間，辦公室內本來的悠閒氛圍一下子緊張了起來。正在辦公的櫃檯小姐們紛紛起身，將亞莉納團團包圍。

「亞莉納・可洛瓦大人!?」

「妳說是可洛瓦大人⁉」

「咦？」

黎堤安的櫃檯小姐們上下下地打量狼狽的亞莉納，最後像是確信了什麼一般深深點頭，隨後吐出了驚人之語：

「果、果然沒錯……！這位正是『鐵腕的加班大師』可洛瓦大人！」

「給——我等等那是什麼不吉利的外號啊⁉」

無法忽視的外號使亞莉納頓時慌張了起來。但莘茜雅的雙眼依然閃爍著純粹的崇拜光芒，逼近亞莉納。

「我從以前就有聽聞您的傳說了！才成為櫃檯小姐第三年，就已經成為業務量最大的伊富爾服務處的主要戰力之一——輕鬆地應付野蠻冒險者、迅速解決人龍的手腕，克服數不清次加班的鋼鐵精神，而且最近事務處理能力還更上一層樓，經手的文件幾乎沒有失誤！不論多麼忙碌，都能完美地處理委託書……事務處理能力一個人便可以抵過好幾人……人稱傳說中的櫃檯小姐羅賽塔・露柏利再世，全新的傳說！」

「……啥……？」

喂等一下她剛才是說了羅賽塔・露柏利嗎？

聽到那個因為超人般的業務處理能力而成為傳說的櫃檯小姐——別名工作狂（Worker Holic）的羅賽塔的名

字，亞莉納努力按下差點甦醒的心靈創傷，往後退了一步。

「請、請等一下，我沒有做過什麼值得被那麼稱讚的事──」

說到這裡，亞莉納才忽然驚覺一件事。

她的視線穿過因突如其來的騷動而露出驚訝之色的前輩櫃檯小姐們，看向遠遠地觀望著這邊的傑特。傑特似乎也猜到是怎麼回事，一臉尷尬地看往別處。

（……原來如此，是傑特……！）

最近亞莉納加班時，都會理所當然地變成跟傑特兩個人一起處理文件。當然，地位相當於冒險者公會幹部的冒險者傑特幫忙櫃檯小姐處理文件，可不是什麼能向世間大聲張揚的事。

如此一來，看在不知情的世人眼中，亞莉納等於一個人完成了兩人份的業務。再考慮到傑特的事務處理能力太過優秀，實際處理完的業務應該也不只兩人份了。

「啊、不、呃、那是……！」

雖然亞莉納慌張地想消除誤會，但卻無法如實說明，只能欲言又止。黎堤安服務處的櫃檯小姐們似乎將她的反應解釋成了謙虛，於是用更加閃亮的眼神看向了亞莉納。

「知道今天能與可洛瓦大人見面，讓我一直很期待呢。雖然本來覺得在員工旅行中打擾您會有些失禮，所以不打算搭話的，但一看到您本人之後，讓我難以壓抑激動……！請務必讓我聽聽您的英勇事蹟！」

「咦……呃……」

雖然想拒絕，可是莘茜雅等人純粹的眼神，使亞莉納無法開口承認自己其實是用了傑特這個「外掛」，讓她的罪惡感愈來愈強。就在不知該說什麼時，亞莉納突然發現一件事。

（等一下，該不會第六次的變化就是這個!?）

到目前為止的迴圈中，應該都是「不想打擾您員工旅行所以不搭話」的模式吧。沒想到第六次會變成這樣，亞莉納露出了僵硬的表情——就在這時……

「不好了！好像找到新迷宮了！」

「「「……啥？」」」

突如其來的惡耗，使亞莉納與黎堤安服務處的櫃檯小姐異口同聲地驚叫。緊接著，她感受到地鳴般的聲音逐漸接近。

不，不是地鳴，而是無數冒險者一齊奔向黎堤安服務處時的腳步聲。

「居然有……新迷宮!?」

包圍著亞莉納的黎堤安櫃檯小姐們頓時臉上血色盡失。就在此時，櫃檯方向傳來男性快活的聲音。

「唷～！親愛的櫃檯小姐們！我幫妳們帶工作來了哦～！」

亞莉納回頭，一名男性擺出一副相關人員的態度趴在櫃檯上，朝辦公室內看了進來。

見到那張被太陽曬得黝黑的臉，亞莉納頓時瞪大眼睛。她最近才見過那人的身影，聽過那人的聲音。沒錯，他就是——

「那傢伙，是岩山教堂的那個醉漢吧……!?」

傑特似乎也發現了。

輕便的服裝，腰帶上掛著攜帶型的望遠鏡、小型的十字鎬、堅固的皮手套，揹著大型的皮製背包。如此特殊的裝扮，絕對不可能認錯人。是岩山教堂中，因為工作很順利所以相當開心的那個探險家打扮的男人。

「吶、吶，那位男性是……？」

亞莉納戳著呆立原地的莘茜雅發問後，莘茜雅有如關節卡住的人偶般，僵硬地轉動脖子，臉頰非常僵硬。

「他是……黎堤安知名的探險家……這一帶的新迷宮，全是他發現的……由於他說最近工作不順，我們本來鬆了一、口氣……」

說到這裡，莘茜雅雙眼向上一翻，仰天倒下。她有如躺在棺材中的死者般將雙手放在胸口，同時口中喃喃自語著「忙碌期好可怕忙碌期好可怕……」。

「糟、糟了，是新人特有的忙碌期恐懼症！」

「莘茜雅不行了！各位！要進入緊急態勢了！」

「可、可是今天很多人請假，人手完全不夠……！」

黎堤安的櫃檯小姐們臉色蒼白地照顧莘茜雅，一面著急地朝櫃檯前進。暴風雨般的吵鬧聲也從櫃檯的方向傳了過來。

「那……那麼，各位好像很忙，我們就先告辭了哦～」

見到服務處慌亂的模樣，亞莉納總算回神，試圖在被波及前撤退。

她看了看周圍，才發現前輩櫃檯小姐們早已離開黎堤安服務處了。亞莉納也趕緊邁步，打算追著她們出去——可是腳踝卻突然被人抓住。

「請等一下……」

「哇——！什麼!?」

如喪屍般爬行過來的，是因為突如其來的忙碌期而昏倒在走廊上的莘茜雅。

「傳說中的……櫃檯小姐大人……！」

「不，那個是……！」

「今天服務處的人手完全不夠……！求求您，幫幫我們吧……！」

「什、啥啊啊啊!?不行不行不行不——」

「亞莉納。」

亞莉納拚命搖頭想拒絕，卻忽然有人把手放到了她的肩膀上。回頭一看，她頂頭的處長臉上正掛著溫柔的微笑，對莘茜雅道：

「同志有難時，我們剛好在場，也算是緣分。不介意的話，就讓我們家的亞莉納幫忙吧。」

不要自作主張啦你這混帳王八蛋————！！！！

「真、真是太謝謝您了!!這份恩情我們一定會奉還的！」

莘茜雅說完，立刻充滿活力地跳起來，用力箝住亞莉納的手臂，不讓她逃走。

25

「……今天的發展，確實是和昨天不同了。可是、可是——」

亞莉納瞪著眼前過於熟悉的文件小山，雙手握拳，顫抖不已。

「我沒聽說要加班啊————！！！！」

「那個，該怎麼說呢，亞莉納小姐，妳是不是被什麼壞東西附身了啊……？」

坐在旁邊的傑特由衷擔心地發問。

以讓傑特留下來當護衛作為條件，亞莉納苦澀地接受了幫忙的請求，在臨時分配的會議室內加班。

因為是和黎堤安服務處的櫃檯小姐們在不同房間，所以能光明正大地使用傑特，算是不幸中的大幸了——亞莉納試圖說服自己，並將文件小山在寬廣空間內的大桌上散開後，勤勉地工作了起來。

前輩櫃檯小姐們與處長以亞莉納為祭品，早就撤退去了旅館，而察覺危險的萊菈則打出絕對安全的「代理幹事」名義，也跟著跑了。真是群精明的人。

「亞莉納小姐，我注意到一件事……」

「什麼啦!?」

「既然時間會倒轉，那根本用不著這麼拚命處理文件吧？反正回到馬車裡時，這些文件就會全部重置了——」

「怎麼可能不用啊……!?」

砰，亞莉納重重地把手放在桌上後，開始喃喃自語。

「假如萬一，今天就是那個某人的『理想的今天』，時間就不會再倒轉，直接前往明天……這樣一來這堆文件就還是沒處理完的樣子……黎堤安服務處的人一定會用『……咦……連一張文件都沒有處理嗎……？』這種冰冷的眼神看我……」

亞莉納說著，寒毛直豎。

「會破滅的……！難得建立的『能幹櫃檯小姐』的形象，會破滅的啊啊啊啊啊。」

「……亞莉納小姐被當成能幹的櫃檯小姐，原來還是挺開心的啊……」

「總之，這關係到櫃檯小姐的尊嚴！無論如何都要處理完哦！」

亞莉納眼中燃起晶亮的鬥志，用比平時更快的速度處理起委託書堆成的小山。

＊＊＊＊

馬車喀噠搖晃著，亞莉納突然驚醒。

「文件呢!?」

她一醒來便大叫著躍起後，前輩櫃檯小姐們與處長便同時以詫異的眼神看了過來。隔壁的萊菈則是以憐憫的眼神看著她。

「……前輩……居然連員工旅行時也會做加班的夢啊……」

「啊、不、這是……！」

憐憫的眼神使亞莉納迅速坐回原位。

看樣子，時間又倒轉了。

亞莉納偷偷看向傑特後，傑特對她微微聳了聳肩。亞莉納想起昨晚拚命處理的委託書小山，疲勞一下子湧上全身，使她重重地嘆了口氣。

回過神後，亞莉納突然覺得一切都很愚蠢。反正時間一定會倒轉，昨晚的自己幹嘛那麼拚命啊——

26

夜晚。原本應該在預約好的餐廳內吃晚餐的時間，亞莉納與傑特走在黑暗的森林中。

雖然今天也同樣發現了新迷宮，但是亞莉納努力加快了行程，總算在發現新迷宮的消息傳到服務處前離開了黎堤安服務處，迴避了加班的命運。

在那之後，她以頭痛、肚子痛之類的藉口，把幹事工作推給萊菈——訂正，是託付給萊菈後，進入了茂密的森林。而原因當然是——

「——結果就連來旅行也得攻略迷宮啊……」

亞莉納深深嘆氣。走在前方的傑特以認真的表情點頭。

「雖然很想先湊齊隊員再開始進行攻略的……」

「我不是那個意思啦。」

亞莉納沒好氣地說道，並瞪了傑特一眼。傑特穿著平時的輕裝鎧甲（Light Armour），揹著大盾牌。雖然是為了預防萬一才把裝備全帶來的，沒想到會真的派上用場。亞莉納則只是在櫃檯小姐的制服外罩上禦寒用的長袍而已。

「我知道啦。可是，這座新迷宮很明顯是過去幾次沒有的異變。既然都在這種時候出現，就只能去看看了。」

「是沒錯啦。」

上一次迴圈時，還在感嘆居然得在員工旅行時加班……卻沒想到這一次竟還得做處刑人的工作。亞莉納再次嘆氣，跟在傑特所踏出的小路上前進。

「根據情報，應該就在這附近——看到了。」

蓊鬱的森林中，突然出現了奇妙的柱列。等距離設置的柱子上爬滿蔓藤，似乎想把自己隱藏在樹木之間。仔細一看，可以發現柱列直直延伸到了森林深處。

「這裡以前有路嗎……？」

宛如設置在道路兩旁的柱子。兩人跟隨柱列走到盡頭後，見到通往地下的巨大樓梯就這麼敞開著。

「難以逃脫的地下迷宮嗎……更沒幹勁了。」

傑特皺眉，從腰間的袋子中拿出了什麼。

「亞莉納小姐，請妳先姑且拿著這個。」

傑特將一顆似曾相識的綠色水晶交給亞莉納。

「這是什麼？」

「簡易傳送裝置。就是鬥技大賽時妳看過的那個。」

亞莉納總算想起來了。這是在鬥技大賽中，敵對的賈多和格爾茲使用的東西。強行把亞莉納與傑特傳送到隱藏迷宮的那個傳送裝置。

「你怎麼會有這種東西啊？」

「鬥技大賽的事件結束後，我把在現場回收的傳送裝置交給公會的研究部門研究了。他們說，只要留意不和設置在城市中的傳送裝置互相干擾，不管是誰都能用。很適合用來脫離迷宮。」

「哼——挺方便的嘛。」

「研究部門的人很高興哦，假如量產成功，就能增加冒險者緊急脫離的方法了。所以我拿了一個試作品，假如有萬一時，可以靠這個逃走……可是——」

傑特的話斷在微妙的地方，讓亞莉納不禁蹙眉。

「可是什麼？」

「研究部門的人說『因為不知道會被傳送到哪裡去，所以逼不得已不要使用』……」

「還你。」

亞莉納把綠水晶塞回傑特手中。「也是呢。」傑特苦笑著把水晶收回腰包裡。

「比起那種東西——」

亞莉納抿起嘴唇，在寂靜的夜間森林中四處張望。

「娜夏到底在幹嘛啊？明明會在奇怪的時間點出現，在這種關鍵時刻卻連影子都沒有。」

「啊啊……這個啊……」

聽傑特別有深意似的回應，亞莉納再次皺眉：

「怎麼了嗎？」

「不……」

傑特猶豫了一會兒，最後還是開口了。

「我在想，製造出這個迴圈的，其實就是娜夏吧。」

「咦？」

亞莉納訝異地瞪大眼睛。

「既然她被稱為預言巫女，就表示她能以某種方法看到未來，很明顯擁有著與『時間』有關的力量。而且她完全不考慮是超自然力量引起回溯，而是肯定地說這迴圈是由『什麼人』做的。沒有任何根據。」

「這麼說來，的確是這樣……是說你從一開始就懷疑她了嗎？」

「突然冒出一個半透明、自稱預言巫女的傢伙，當然會覺得可疑吧。」

「這……這麼說的話……是沒錯啦。」

亞莉納在不斷重複同一天的謎樣現象中待了太久，不小心就忘記一般的感受了。被點出理所當然的常識，讓她有些難為情地臉紅。

「既然娜夏沒有現身，就表示這個新迷宮的出現是她『理想中的變化』吧？我想她或許是要我們攻略這座迷宮。」

「……那就快點進去吧。」

亞莉納哼了一聲，開始走下樓梯。

「如果這是正確答案，那就快點解除迴圈，前往明天吧……！」

27

地下迷宮有些昏暗，走廊的天花板很低。

「發動技能〈百眼獸士〉。」

一進入迷宮，傑特立刻發動技能，將紅光凝聚在雙眼。

所有感官因技能效果而提高，大範圍的迷宮資訊一下子湧進腦中。就算亞莉納擁有神域技能，是最強的前衛（Top Attacker），但這次畢竟不是四人一組（Full Party），所以仍然必須小心以對。傑特站在原地數秒，

以感官探索迷宮。

「似乎不是太寬廣的迷宮……構造單純不複雜，魔物也不多。樓層只有一層，就算有也頂多兩層。」

「哼，小一點的迷宮探索起來也比較方便呢，而且看起來路只有一條。」

亞莉納打發著途中遇到的魔物，在筆直的走廊前進。兩人來到迷宮的最深處後，見到了異樣的光景。

「這、這地方是怎樣……？」

眼前是一個奇妙的圓形小房間。亞莉納看著它忍不住皺眉。

地板上有十二個如時鐘數字般等間隔排列的魔法陣，那些魔法陣發出白光，照亮整個房間。

而房間中央有個眼熟的球體，被十二個魔法陣包圍，飄浮在半空中。

球體上伸出八個棒狀物體的雕像——是在教堂見過的，據說在模仿太陽的神像。

「這是……遺物嗎……？」

傑特朝深處巨大的球體走近，仔細地觀察。那球體緩緩轉動著，時不時閃過白色的光芒。

「——沒錯。你們終於來到這裡了呢。」

就在這時，平靜的說話聲響起，一道白色的人影出現在半空中。是娜夏。

「娜夏。這迴圈果然是妳——」

「看樣子，你們對我的出現感到很驚訝呢。」

娜夏打斷傑特的話，笑了起來。

「你們沒想到我會在於此時此刻出現在這裡對吧——」

「不，我們大概有猜到。」

「好吧，就告訴抵達正確答案的你們真相吧。製造這迴圈的犯人——」

「根本不聽別人說話啊……」

娜夏睜大眼睛，不知為何高舉單手，大聲笑了起來。

「倒轉這座島的時間的人……！就是本人我，是我利用那個遺物做到的！」

「不用再演了啦。」

亞莉納出聲打斷後，娜夏連忙握住雙手，焦急地上下揮動。

「不、不行！讓我說完啦！是說你們趕快驚訝啦！」

「然後呢？要怎麼做才能結束這迴圈？」

「在那之前有其他更應該問的事吧!?」

「？什麼？」

「動機啊，動機！為什麼我要做這種事之類的，你們很在意對吧？給我在意啦！」

「我只要能結束迴圈什麼都無所謂。」

「那是相當久遠之前的事——」

「她好像要開始講故事了耶，亞莉納小姐。」

「是沒有照著準備好的劇本走，就不會繼續話題的類型呢……」

亞莉納無視自顧自地說起來的娜夏，把戰鎚擱在肩上。她的目光穿過娜夏，緊盯著在房間最深處安靜地轉動的球體神像。

「既然妳說是利用這遺物製造迴圈的……那我該做的事就只有一件了。」

微暗的迷宮中，亞莉納的眼中閃過妖異的光芒。

不斷重複的員工旅行中累積下來的憤怒一口氣湧上心頭，化為亞莉納雙眼中強烈的殺氣放出。

「全部——打爛……！」

28

咚、咚，昏暗的房間裡，響著有規律的聲音。

一名初老的男人靠在偌大的椅子中，把手擱在扶手上，以食指不斷敲打扶手。這算是他思

考時的習慣。

那男人的白色長髮在腦後綁成一束，臉上滿是皺紋。但是與年紀相比，他的背脊仍然挺得很直，翠綠色的眼睛也還未混濁，棲宿著年輕晶亮的光芒。桌上提燈的紅色魔法光，照亮了他──第四代【劍聖】的臉。

咚、咚。【劍聖】終於停止敲打食指，房間頓時變得寂靜無聲。

「──原來如此。還在想為什麼沒有進展，原來是倒轉時間啊。」

規律聲響結束後，取而代之的是【劍聖】低沉的聲音。

「這麼說來，那座島是那樣的地方呢。」

得到一個解答的【劍聖】微微揚起嘴角。

「為了迴避最壞的將來，盡可能地尋找『或許存在的可能性』，不斷地倒轉時間啊。努力到令人想一掬同情之淚呢，娜夏……──明明只是個沒死透的廢物。」

【劍聖】嘲笑地啐道，隨後緩緩起身，拿起桌上的提燈，走出房間。

「妳就盡情掙扎吧，反正都是沒用的。」

他把手放在沉重大門的門把上，低笑起來。

「到最後所有人都會滅亡。都操控在我的掌心之上。」

29

「…………珍貴的遺物……在三秒內就被粉碎了……」

娜夏看著化為碎塊的遺物，垂下肩膀茫然地呆站著。接著，她有如壞掉的人偶般僵硬地轉動脖子，看向亞莉納。

「……是說……我倒轉時間的理由，妳有聽進去嗎？」

「沒有。」

亞莉納冷淡地說完，揮手讓戰鎚消失後，快步往門口前進。

「好了，得快點確認迴圈結束了沒。」

「妳……妳這……」

娜夏眼中噙著不甘心的淚水，咬牙指向亞莉納大罵道：

「妳這個怪力女——！」

也許這種幼稚的叫罵已經是娜夏最後的逞強了吧，她罵完，便哇哇地哭著消失了。

「到底怎麼回事……」

「管她的。總之快點確認吧。」

亞莉納與傑特走出迷宮，遠遠眺望山丘上的鐘塔。就在此時，噹——鐘塔低沉的鐘聲響

起，宣告晚上十點來臨。

亞莉納戰戰兢兢地與傑特四目相對。

「沒有……進入迴圈！」

平常的話，只要鐘聲一響，亞莉納就會立刻回到馬車裡，但如今她仍然站在森林中。實際感受到時間前進了的瞬間，亞莉納露出燦爛的笑容，雙手高舉快樂地跳了起來。

「迴圈結束了————!!!!」

亞莉納喜悅的聲音，迴蕩在夜晚的森林中。

30

「迴圈總算結束了。呼〜終於可以回家了。」

為了回黎堤安，亞莉納再次走進森林，並鬆了口氣。另一方面，走在她身邊的傑特，仍像是無法接受整件事般皺著眉。

「話說回來，為什麼娜夏要做出倒轉時間這種奇怪的事？再說，如果她想製造迴圈，又為什麼找我們解決這件事……？也許該好好聽完她的動機才對……」

「誰理她。無所謂啦，只要我能回家——」

「對吧？還是會在意吧？那我就告訴你們吧。」

一道平靜的聲音打斷亞莉納的話，少女忽地在眼前現身。

「娜夏……！」

亞莉納與傑特看著學不乖又出現的娜夏，啞口無言。

娜夏像個剛大哭過的孩子般，雙眼紅腫並充滿血絲，如今仍然吸著鼻子，肩膀微微發抖。

「……總覺得很像上班時挨罵，躲在廁所偷哭後裝沒事地回來，但是完全被看穿的社會新鮮人呢……」

「可以理解的話，就不要那麼壞心眼啦——！」

亞莉納一臉僵硬地說著，與其說是同情，不如說是受不了娜夏。娜夏惱羞成怒似地反駁，可是表情愈來愈陰暗，最後戳著食指，絮絮叨叨地抱怨起來。

「……居然在轉眼間就攻略完迷宮，還使出全力打壞遺物，以這種方式脫離迴圈……誰知道居然有人會這麼做啊……」

說著說著，娜夏的眼眶再次浮起淚水，最後開始嚶嚶啜泣。

她以鬧彆扭似的眼神瞪向亞莉納。

「野蠻人，妳真的是野蠻人——」

「妳說什麼？」

「我什麼都沒說。」

「原來如此，因為完全沒能照著劇本演，所以偷偷躲起來哭，但還是想演完整齣戲，所以努力奮起，出現在我們眼前啊。」

「不要冷靜地解說啦!?」

「娜夏，結果妳到底想做什麼？製造迴圈後又拜託我們破解迴圈，還給我們提示。」

「……」

「妳真正的目的，不是製造迴圈吧？」

娜夏沉默了一會兒後，看向了傑特。

「你們終於願意聽我說了嗎……？」

「只有傑特想。我根本無所謂。」

「不行，我一定會讓亞莉納和傑特都聽我說的……！」

亞莉納不高興地皺眉，卻因為娜夏說出口的下一句話僵住。

「因為、因為！明天，這座島嶼就會消失了!!」

現場頓時陷入一陣沉默。

「…………啥？」

無法立刻理解娜夏的話，亞莉納只能不斷地眨眼。傑特似乎也很困惑。

「這座島會消失……？」

「等一下，娜夏，就算我們沒有照著妳的劇本走，這種玩笑還是太——」

「我沒有開玩笑！」

娜夏抿緊嘴唇，垂下眼簾，沉默了好一陣子後，總算下定決心地開口：

「其實，我不是幽靈也不是巫女，更不是什麼神祕的存在……」

她以細微到不行的聲音說完，做好覺悟似地微微拉開了白色長袍的領子。

她的胸口附近，埋著一顆反射著暗沉光芒的石頭——魔神核。

「什麼……!?」

「妳是魔神……!?」

傑特連忙拔出腰間的劍，把說不出話的亞莉納拉到後方。

「怎麼回事!?娜夏妳是、魔神……!?」

「雖然我是魔神，但是擁有成為魔神之前的記憶跟人格！我是先人之一！再說我也沒有魔神的力量！擁有力量的是我的『本體』，所以我沒辦法傷害你們。」

見傑特拔劍，娜夏連忙解釋。

「我是與本體分離的魔神的精神……就只是資料的集合體……！因此我才需要你們的力量！」

「……什麼意思……？」

「我、我知道你們和魔神交戰過許多次，而且都是生死一線的壯烈戰鬥……！所以你們或許不想聽身為魔神的我的話……！但只憑我的力量，沒辦法改變未來……！」

「……」

「明天，魔神的封印將會被人解開，然後這座島會完全消滅，什麼都不剩。不論城市、人們，全都會消失得無影無蹤……」

娜夏咬著嘴唇，最後，她向亞莉納與傑特深深鞠躬。

「拜託了。能改變這個未來的，只有你們而已。請你們救救……這座島的明天！」

「「……」」

亞莉納與傑特看著深深垂頭的娜夏，什麼話都說不出來。他們下意識交換了眼神，默默確認對方的意思。

「……知道了。我們會聽妳說的。」

漫長的沉默之後，傑特點頭。聽娜夏說明天整座島將會消失，他們實在無法置之不理。而且也不能把埋有魔神核的娜夏丟著不管。

「真的嗎!?」

「先說好！如果妳只是在亂開玩笑，我可不會饒了妳哦……！」

「我、我知道啦……」

傑特收劍入鞘，娜夏小聲地說明起來。

31

「……本來，這整座島是一個大型的『實驗中心』。在先人的時代，被稱為『時間的實驗場』。」

「時間的實驗場……？」

聽到娜夏的說明，傑特不禁蹙眉。

「這座島不是不能使用傳送裝置，只能搭船進來嗎？因為這裡是做實驗的場所，所以故意設計得與世隔絕。」

「……的確，只有從黎璐島回大陸時，才能使用傳送裝置呢。好像是因為大陸的傳送裝置抓不到黎璐島的座標。」

「之所以那麼做，就是為了創造出與世隔絕的環境，以便操縱時間。只要使用那房間裡

被你們破壞的那個遺物，就能讓時間躍進或倒退，進而模擬未來，做出精準度極高的未來預測。」

總覺得葛倫也說過類似的話，傑特忽然心想。葛倫是用被封鎖的地下室，做出「與周圍隔絕的場所」，以便倒轉地下室的時間。

「假如什麼都不做地迎接明天，這座島一定會消失。所以──」

「……所以妳才會利用那個遺物，不斷地倒轉這座島的時間嗎？」

「沒錯。我之所以能被稱為預言巫女，也是利用那個遺物看到未來的關係。」

娜夏點頭，繼續說道：

「話雖這麼說，但倒轉時間是有極限的。假如過了決定未來方向的「分歧點」，就沒辦法再倒轉時間了。所以我才會在前進到分歧點之前，不斷讓時間回溯。」

也就是說所謂的分歧點，就是亞莉納和傑特一直被倒帶回去的時間──那座鐘塔響起鐘聲的晚上十點。

「──所以，雖然妳一直倒轉時間，但還是沒能迴避整座島消失的未來？說起來，為什麼黎璐島會被消滅啊？」

亞莉納開門見山地發問後，娜夏無力地搖頭。

「因為魔神失控……正確來說，是被封印的我的本體失控。」

原本就寂靜的夜間森林，罩上了一層更加沉重的沉默。

亞莉納瞥了一眼傑特。傑特十分煩惱似地沉默著，似乎陷入了沉思。最後，他緩緩開口：

「……我有個疑問。如果明天這座島會被魔神消滅，那麼我和亞莉納小姐那個時候在做什麼？」

「！」

聽出了傑特的言下之意，亞莉納微微點頭。

「是啊。假如我在場，而且知道魔神要作亂，就一定會阻止魔神破壞這座島的。畢竟我還不想死。」

「問題就在這裡。」

娜夏抬起頭，交互看著亞莉納與傑特，說道：

「用遺物看到的未來裡，島被消滅時你們不在島上。正確來說，你們今天就會離開了。」

「今天……？我們明天才會回伊富爾，怎麼可能在這種大半夜離開黎堤安呢？」

「可是，你們真的不在。正因為你們兩個不在，所以沒有人能阻止魔神，這座島才逃不過被毀滅的命運。」

「……既然如此，我們應該是被什麼人趕出島的，這樣想最合理。恐怕是那個解開魔神封印的人做的吧。」

娜夏深深點頭，接著露出堅毅的表情抬頭。

「我已經知道那個人是誰了。那個人是在把你們趕出島上後，才解開魔神封印的。」

「知道是誰就簡單了。現在立刻把那傢伙抓起來，不讓他解開魔神封印不就好了？」

「那傢伙是誰？」

娜夏露出難受的表情，擠出聲音似地說：

「……讓妳看看我的記憶吧。比起用說的，這樣比較快。」

「？」

娜夏的神情顯得有些苦澀。她以複雜的表情凝視著亞莉納的眼睛。

「這是我還是人類時的記憶。距今大約一千年前，被稱為先人的我們文明發展到極致時的記憶……只要看了妳就會知道一切了。知道該把誰抓起來——」

娜夏說著，輕輕地把手放在亞莉納的額頭上。下一瞬，亞莉納有如被強力的睡魔侵襲似地，意識毫無抵抗餘地地落入黑暗之中。

32

噠噠噠！亞莉納奔跑著。不對，雖然感覺像是自己在奔跑，但上氣不接下氣的喘息聲是娜

夏的。是娜夏在奔跑。看樣子，娜夏是讓亞莉納體驗了自己的記憶。

那是某個建築物的走廊。牆壁與地板都是以沒見過的純白材質建造。但是從窗口射入的陽光，與現在相同。

『不好了不好了，要遲到了～！』

焦急的娜夏來到一扇緊閉的白色大門前。她把手放在門板上後，掌心出現白色的閃光，不知何處傳來說話聲。

〈出勤確認。8：00早安。娜夏・蓮達。〉

下一瞬間，門打了開來。娜夏幾乎是用滾的進入房間。

『過關——!!』

娜夏大聲歡呼，隨即房間中的人們一齊朝她看來。見到那些人的臉，亞莉納錯愕不已。

穿著陌生的白色長袍，看起來比亞莉納稍微年幼，搖晃著長長的雙馬尾，朝這邊回頭的，是——

『萊菈，我有趕上吧!?』

娜夏氣喘吁吁地向少女發問。被稱為萊菈的少女無奈地笑了起來。

『……差一點點就遲到了呢。』

不論是外表或者聲音，全都毫無疑問，是亞莉納的後輩櫃檯小姐萊菈。

（……為什麼……萊菈會在娜夏的記憶裡……!?）

娜夏說，這是她還是人類時的記憶。是距今一千年前發生的事。既然如此，為什麼萊菈會出現在記憶裡？

但是令亞莉納驚訝的，不只萊菈而已。

『既然趕上了，就沒問題呢。』

坐在房間深處的男性如此笑道。那人的五官端正精緻得有如雕塑。亞莉納知道他。

（那是……鬥技大賽時見過的……魔神!?）

自稱拉烏姆，一心尋死，在眨眼之間死去的魔神。

（這……這是怎麼回事……）

『有趕上就沒問題了！比起那個，我剛才看到葳娜與菲娜正在欺負席巴，所以就把她們帶過來了。』

不顧亞莉納的錯愕，娜夏哈哈笑了起來，放下扛在左右腰側的兩名兒童。

金髮女孩不高興地嘟嘴，將套著寬鬆長袍的雙手交叉在胸前。

『我們才沒有欺負席巴！我們只是幫他加重訓練的負擔而已！』

（葳娜和……菲娜……）

在百年祭時復活，與亞莉納他們交戰過的雙胞胎魔神。

接著，姍姍來遲地走進房間的，是一名健壯的男人。他一面穿上與萊菈等人同款式的長袍，一面以略帶憔悴的嚴肅臉龐說道：

『手……手臂……舉不起來……』

（……席巴……）

是亞莉納他們第一次見到的魔神。

（騙人……）

亞莉納已經不知道該如何接受這些記憶與光景了。這些人以萊菈為中心，和樂地談笑了一會兒後，留下萊菈，前往了其他場所。

他們抵達的似乎是某種研究設施。房間放置著許多亞莉納沒見過的機器，牆壁與機器都時不時地閃過白光。雖然是千年前的記憶，但是看得出當時的文明比她所在的時代發達太多了。

『萊菈編預算似乎編得很辛苦呢……最近一直加班。』

拉烏姆擔心地說著，一邊拿起一顆放在房間中央桌上的黑色石頭。那石頭總共有六顆，全都時不時地閃過白光，是亞莉納已經熟到不想再看到的東西。

（魔神核——）

『而且黑眼圈很深哦！』

『黑眼圈。』

『雖然我說要幫她忙，但是她說不需要……』

『萊菈在這種地方很頑固呢。因為她也有自己的自尊心嘛，所以還是等她開口求助時再幫忙吧。』

娜夏說道。拉烏姆點頭，把魔神核放回桌上。

『好了，核的研究只剩一些了。只要完成核的研究，就能對保護這座城市做出很大的貢獻。繼續加油吧。』

沙沙，視野搖晃起來。拉烏姆等人的聲音變得模糊，聲音與畫面愈來愈遙遠，最終視野變成一片黑暗。

『……嗚……』

接著聽見的，是娜夏的呻吟聲。光線微微照入黑暗之中。

『這……這是、怎麼回事……』

娜夏倒在房間裡，似乎是失去意識了。醒來的娜夏看著周圍的狀況，一時說不出話來。除了她之外，房間裡還有數名男女同樣失去意識，倒在地上。

是席巴、拉烏姆、葳娜與菲娜。

『核……!!』

娜夏再次感到錯愕。因為她看見席巴等人的身體中都被鑲入了黑色石頭。

『核的試作品……居然被裝上去了……!?』

看樣子，就連娜夏都不知道失去意識的期間發生了什麼事。

『是誰裝的……!?發生什麼事了!?』

就在這時，娜夏驚覺什麼似地，檢視起自己全身。手臂、腳、腹部，又像是為了確認觸感般，以手摸起自己的臉與背部。顫抖的雙手最終在碰觸到鎖骨附近時停了下來。

那裡傳來了異樣的觸感。鎖骨附近被埋進了某種與骨頭不同的堅硬物體。娜夏撫摸著那物體外露的部分，觸感光滑冰冷。

『我、我被裝上了……核……為什麼、為什麼……!?』

娜夏顫聲說道。就在這時，腦中忽然響起異質的聲音。

〈妳好。覺得怎麼樣呢。現在開始同步(Link)作業。〉

那是語調平淡，態度卻莫名友善，反而使人感到更加詭異的男性聲音。那聲音繼續說著恐怖的話。

〈來自最高權力者的命令。「抹殺人類，捕食靈魂」，將在同步完成後實施。〉

『什……!?住、住手！』

娜夏急忙對著在自己腦中說話的聲音大叫。

『現在立刻中止同步！這命令已經超過安全法規了！』

〈拒絕。此為最高權力者的命令，不可更改。想變更命令內容，需要最高權力者的生體認證——同步進度三二%。〉

『最高權力者!?我不記得有設過那種——』

娜夏說到一半便住口。對不受控制的核說什麼都沒用。她已經明白現在是什麼情況了。

核失控了——

所謂的「同步」，是連結核與被安裝者神經的機能。同步之後，被安裝者不但能擁有超過一般人的力量與反應速度，甚至能阻斷痛覺。當然，這是指正常運作下的核，能安全地發揮的肌肉輔助功能。

可是現在控制核的並非娜夏，而是「最高權力者」。也就是說，娜夏不得不聽命於「最高權力者」，執行「抹殺人類」的命令。

「該怎麼辦……」

在她苦惱時，同步仍然繼續著。娜夏立刻掀起長袍下襬，抽出被固定在大腿皮帶上的短刀。

她毫不猶豫地把刀刃抵在頸部。

「……！」

娜夏他們知道自己進行的是失敗的話會危及周圍的研究。為了預防「萬一」，她總是隨身

攜帶著短刀。可是，與尋死的意志相反，握著短刀的雙手因恐懼而顫抖。但除此之外，她想不到其他的方法。核會在被安裝者的生命活動停止後強制停止運作，所以必須趁現在自殺，否則等到同步完畢，核便會以她的身體執行那愚蠢的命令。

〈警告。禁止做出命令之外的行動。〉

然而娜夏的雙手突然失去力氣，短刀噹的一聲落在地上。

『嗚……同步得太快了……』

手腳已經不聽使喚了。原來如此，娜夏明白了一件事。被安裝在自己身上的核，是六個試作品中的最新型——大幅改善同步速度，最接近完成品的一個。

〈同步進度七八％。〉

「……！……！」

娜夏急得腦中一團亂，無法正常思考。也許是因為正在與核同步，思考完全無法集中。她焦躁不已，狂跳的心跳聲在腦中迴響——

就在這時——

『娜夏前輩，妳還好嗎!?』

有人說話。伴隨著跌跌撞撞的腳步聲，萊菈摔倒似地跑進房間。

她先是因房間內的慘狀而慌亂，接著在看到娜夏的鎖骨時倒抽一口氣。

『連娜夏前輩都被……！』

『萊菈，妳沒事——』

娜夏說到一半便住了口。因為萊菈搖著頭，捲起長袍的袖子，對她露出了細瘦的右臂。她的手臂上，鑲著一顆反射著暗沉光芒的黑色魔神核。

『我突然失去意識……醒來時，已經變成這樣了。但是核沒有和我同步，所以我想這顆應該是因為運作不良而沒被採用的第一個試作品……』

娜夏對萊菈的話感到震驚。萊菈他們當然不會把試作品裝在自己身上，所有核同時失控，擅自安裝到人類身上的可能性也微乎其微。

所以應該是有人故意把核安裝在他們身上。但那是誰？能進入這研究所的人物有限，但是會把幾乎無法運作的初期試作品安裝在萊菈身上，表示那個人對核的事並不熟悉嗎——

『……』

娜夏懊恨地咬牙，低頭看向地上的短刀。

『萊菈，把那把刀撿起來。』

『咦……？』

『殺了我們。』

因動搖與不安而發白的萊菈的臉，因驚愕而僵硬。

『……殺、殺了你們……？』

『核失控了，正在主動和我同步，還無視設定好的安全法規，把所有「人類」視為攻擊對象！如果席巴他們的狀況也一樣，在同步完後，我們會殺掉許多人……！』

『怎……怎麼會這樣……』

錯愕的萊菈以發顫的手撿起短刀。可是，握著短刀的手只是不住地發抖，無法刺向娜夏。

『殺……殺死……？把前輩……？把大家……？我……』

『我知道這要求很讓人痛苦……！可是我已經無法控制我的身體了。只能靠妳了。求求妳，快點!!』

然而下一瞬間，娜夏的視野變成全黑。同時聲音從世界消失，不論是萊菈帶著恐懼的喘息聲，或是自己劇烈的心跳聲，全都聽不見了。也無法再出聲了。

娜夏被拋進黑暗的意識中，響起了無機質的語音。

〈同步完畢。開始執行命令。〉

33

「——啊。」

聽見低沉的鐘聲響起，萊菈抬起了頭。

她在旅館的客房。雖然與亞莉納同住一個房間，可是亞莉納連晚餐都沒吃就消失了，一直沒有回來。不過萊菈大概猜得到亞莉納人在哪裡。

「……迴圈，結束了呢。」

萊菈小聲自語。每當深夜十點的鐘聲響起，她就會回到前往岩山教堂的馬車中，可是這次時間沒有倒轉。

「結束了啊……」

萊菈向後倒，仰面躺在床上，茫然地看著天花板。

也就是說，「明天」終於要來臨了。

「黎堤安的旅行，很快樂呢。」

她寂寞地喃喃道。

在心中某處，她偷偷希望著這個迴圈能永遠持續下去。明天最好不要到來。那樣的話，就不用經歷痛苦或悲傷了。和平的員工旅行，可以一直在停滯的時間中持續下去。

可是，迴圈結束，虛假的和平也結束了。

既然如此，就只能前進了……因為已經決定好，要做到最後了。

萊菈寂寞地笑了起來。

「得道別了呢。亞莉納前輩——」

她手中拿著的，是一顆拳頭大的粗糙石塊。然而這不是普通的石塊。因為它的表面上刻滿了金色的文字。

這就是能復活被封印的最後一名魔神的石頭——「最後的祕密任務」。

34

躺在樹下的亞莉納輕聲呻吟，醒了過來。

「亞莉納小姐！」

傑特鬆了一口氣，撐著亞莉納的背，扶她坐起。

看樣子，自己是在與娜夏共享記憶時失去意識了。亞莉納清醒後滿身冷汗。

「妳還好嗎？」

「……嗯。」

亞莉納輕輕點頭，看向站在傑特後方的娜夏。

「雖然有很多無法馬上理解的部分……不過我大概懂了。」

出現在娜夏記憶中的人們，席巴、葳娜與菲娜、拉烏姆……全是至今與亞莉納等人敵對、交手、打倒的魔神。而娜夏也是魔神。

也就是說，萊菈也——

「……我們之前打倒的，全是妳的同伴呢。」

「嗯……不過，我當然不會怪你們。他們的精神被核侵蝕，人格被改變，已經不能說是人類了。我反而很感謝你們把他們從核解放……」

與亞莉納戰鬥的魔神們，與娜夏記憶中的席巴等人，個性簡直天差地別。他們原本就是人類，假如沒有被植入魔神核，一定能和夥伴們安穩地過完一生吧。

都一樣。成為了魔神的他們，和生在這個時代的亞莉納等人沒有任何不同，都是人類。這麼一想，就會覺得名為魔神核的小小黑色石頭帶來的影響有多可怕、多殘忍。亞莉納不由得毛骨悚然。

而萊菈也同樣被捲入了如此殘酷的命運裡。

僅僅是作為後輩櫃檯小姐的萊菈的臉龐，忽地在腦中浮現。雖然還沒掌握所有工作內容，可是在奇怪的部分很得要領。與亞莉納一起熬夜加班，一起因龐大的業務量而哀號。表面上只是一個新人櫃檯小姐，卻一直背負著那樣的過去。

「……」

該如何面對萊菈才好？亞莉納不曉得。既然萊拉也是魔神，那就表示總有一天，她會像席巴或雙胞胎那樣變成殘忍好戰的魔神嗎？假如真的變成那樣，是不是也非消滅她不可呢——

亞莉納坐在冰冷的森林地面上，愣愣地看著下方。忽地，有人朝她伸出了手。

「亞莉納小姐，妳站得起來嗎？」

是傑特。

傑特沒有問亞莉納看到了什麼記憶，只是一臉擔心地朝她伸手。看著那隻大手，亞莉納用力咬住嘴唇。

啊啊，是啊。雖然不是自願的，但這傢伙總是在自己身邊。不論加班時，或者與魔神戰鬥時，這傢伙總是和自己一起跨越困難。

「……嗯。」

亞莉納握住那厚實的手。不知為何，有種安心的感覺。總覺得能恢復成原本的自己了。

＊＊＊＊

亞莉納意外順從地握住了傑特的手起身。但在站起來後，她也依然沒有放開傑特的手。

「……？」

要是平常的亞莉納，一定會甩開自己的手，傑特感到驚訝，又忽然發現亞莉納的手正在微微發抖。

他瞥向亞莉納，只見她的表情很嚴竣。抿著嘴唇低頭瞪視地面的側臉，像是在拚命忍耐著不讓自己哭出來。

「……一千年前，為了保護城市，我們創造了魔神核。」

見亞莉納逐漸恢復冷靜，娜夏平靜地，有如罪人懺悔過錯似地，斷斷續續說了起來。

「雖然比現在繁榮許多，但是我們活著的時代也有危險，城市外頭有許多類似現在被稱為魔物的存在，經常襲擊人類。那些魔物非常強大，就連我們所持有的術法也很難與之對抗。有能力保護城鎮不受威脅的人非常不足……」

「……」

「出事之前，我們做了六個試作品，經歷各種錯誤嘗試後，總算要做出能實用的成品——就在那時，試作品被安裝在了我們身上。於是，我們殺光了那個時代的人類。」

魔神核總共有六顆。傑特聽著娜夏的話，回憶過去打倒的魔神。席巴、葳娜與菲娜、鬥技大賽那天被賈多殺死的拉烏姆，以及身上有魔神核的娜夏。這樣算下來，還有一個魔神。

「核執行完命令後，讓席巴他們在大陸各地沉眠。我搶在停止活動之前，將從被我殺死的先人們那裡得到的『術法』資料從本體抽出，成為精神體分離出來……我本來是想把這種資料

消除的，可是做不到。說不定是因為成千上萬的『術法』集合體，已經相當於一個靈魂了，或者是先人們對人世的留戀，不允許我那麼做……總之，我成了類似被殺的先人們的幽靈似的半吊子存在，一直存續到今天……」

「……」

「直到兩百年前，最初的冒險者抵達赫爾迦西亞大陸之前，我一直一個人在這座島監視著沉眠的身體。雖然資料已經抽離了，但是只要核還在，魔神就能活動……我很擔心……哪天會再次出現跟一千年前一樣的事……」

娜夏的聲音發顫，用力抱著自己雙臂。

「預測到魔神會失控的未來，是幾週前的事……就是伊富爾舉辦鬥技大賽時。室長的……拉烏姆的氣息一消失，這座島嶼的未來就一口氣朝著毀滅傾斜了。」

「……」

「我知道光靠我的力量，沒辦法改變未來。我本來就只是個連城市的小小危機都無法消除的精神體。」

娜夏懊惱地揪著長袍，擠出聲音。

「就連小女孩的腳也沒辦法治好……！只能以預言巫女的身分，告訴人們危機來臨，讓他們幫忙拯救城市。從以前到現在，都是這樣。」

「……」

「所以我只能拜託至今打倒了許多魔神的你們。但我雖然是精神體，卻有魔神核，我想你們應該不會全然相信我說的話，因此，我才打算在迴圈中引導你們抵達迷宮，透過遺物讓你們看到這座島的未來。」

講到這裡，娜夏終於困擾地笑了起來。

「到頭來，還是白忙一場就是了。事情不但沒有照著我的期望走，遺物還被你們破壞了。不過，你們最後還是聽我說了這些，謝謝。」

「……原來是這麼一回事啊。」

傑特悄聲說完，沉默下來。破壞那個遺物也許是對的吧。他一點也不想看到這座島消失得無影無蹤的影像。

「……啊——真是的。」

就在這時，原本一直沒有說話的亞莉納發出了不耐煩的聲音。她粗魯地甩開傑特的手，深深呼出一口氣後，大步朝一株特別粗壯的樹木走去。

「……亞莉納小姐？市區的方向不在那——」

傑特話還沒說完，已經被亞莉納低沉的聲音打斷了。

「那個，混帳笨蛋後輩啊啊啊啊啊啊啊啊啊——!!!!!!」

她竭盡全力地吶喊完，宛如在發洩怒氣般毆打樹木。砰！一陣巨響後，樹齡至少數十年的粗壯樹幹，宛如小樹枝般輕易地斷掉了。

「「…………亞莉納小姐？」」

沙沙沙轟……樹木倒地的聲音與傑特、娜夏驚駭的聲音同時響起。亞莉納以惡狠狠的表情轉身，因為太過憤怒而像野獸般露出牙齦。她以滲出濃厚殺意的眼睛瞪著娜夏。

「娜夏——」

「噫！」

雖然是精神體，但也許是本能地感到恐懼，娜夏被有如凶神惡煞的亞莉納嚇到僵在原地。亞莉納無視娜夏的反應，揪住她的領子歪了歪頭問道：

「也就是說，『那傢伙』從一開始就知道所————有的事，對吧？是不是？娜夏？」

「我……我我我我我我我、我想，應該是……吧，嗯。」

「啊啊，是嗎？我知道了。」

亞莉納深深點頭，放開娜夏，哼了一聲後，簡潔地宣布：

「我絕——對、要狠狠揍那傢伙、一拳……!!!!!!」

說完後，她便有如土匪頭子似地對傑特下令「回旅館想作戰計畫！」，大步地往山下走。

娜夏傻眼地看著那凶暴的背影，不知所措地垂下眉尾。

「她怎麼突然變成那樣……？」

「照那生氣的程度看來，妳給她看的記憶，似乎讓她大受打擊呢。」

「那是……大受打擊的反應嗎？那個樣子？」

「是啊。」

她剛剛可是那麼有精神地把大樹打成兩段哦？娜夏不太能釋懷似地點了頭。傑特繼續道：

「與其在受到打擊哭哭啼啼的期間失去重要的東西，不如火冒三丈地把問題打倒。她就是這樣的女孩。」

「……」

「不論是好是壞，亞莉納小姐一直是以這種方式前進的。既然知道解開魔神封印的傢伙是誰，就有辦法對應。謝謝妳讓她看記憶。」

傑特留下啞口無言的娜夏，追著亞莉納離開了。

35

「啊！亞莉納前輩，妳跑去哪了～!?真是的～！」

一陣腳步聲接近後，亞莉納連門都不敲便走了進來。

萊菈看著若無其事地回來的前輩櫃檯小姐，微微揚起眉尾，將手扠在腰上。

「妳說有事後就跑掉了，連最可靠的傑特大人也不見了，害我不得不陪處長聊天！」

喝醉的處長說話又臭又長，陪他無止盡地聊天根本和拷問一樣。想起晚餐時的事，萊菈向亞莉納抱怨：

「前輩平常認真過頭了，所以偶爾做些丟下幹事工作的壞事是無所謂！可是至少該把傑特大人留下來啊！」

「……」

萊菈以與平時無異的態度輕微說教，但亞莉納只是沉默地看著她。

「……咦？亞莉納前輩，妳怎麼了？」

萊菈敏銳地察覺到亞莉納的樣子與平常有點不同。但那異樣感只有短短一瞬，亞莉納便恢復了平常的冷淡臉。

「抱、抱歉啦。謝謝妳幫我做幹事的工作。」

「……？前輩，難不成妳真的身體不舒服嗎……？」

晚餐前，亞莉納以差勁的演技說著「我頭痛～肚子痛～」那種一聽就很沒誠意的藉口強行開溜。萊菈原本以為那只是藉口，難道她真的身體不舒服嗎？

——還是，被發現了什麼？

想到這個可能性的瞬間，萊菈的大腦倏地冷靜下來，開始高速思考起接下來該怎麼做。

與傑特一起溜走的亞莉納，很明顯是前往新發現的迷宮了。不過在新的迷宮、黎堤安研究所……不，「蒂亞第七研究所」能知道的，也只有過去曾是「時間實驗場」的這座島的時間操作方式而已。就算知道了迴圈的真相，也無法察覺萊菈的真實身分。

「我只是累了。」

亞莉納說完，便連衣服都不換地重重趴倒在床上，一動也不動了。

「妳看起來真的很累呢……前輩。」

今晚也說了每次迴圈都會說的慰勞之言，萊拉苦笑起來。

假裝沒發現迴圈的事，相當消耗精神呢，她在心中自語。

蹺掉晚餐的亞莉納他們，應該是為了解決這座島重複無數次的迴圈，前往了新迷宮吧。對萊菈而言，迴圈消失也是好事。

（……時間總算前進了。）

萊菈用力地握拳。

一切都準備好了。

到目前為止，萊菈把得手的祕密任務悄悄交給人類，讓他們解開魔神的封印——為了讓亞莉納打倒他們。席巴、葳娜與菲娜，以及拉烏姆。那些被安裝了魔神核的同伴們，都被一一解放了。至於解開最後的魔神——娜夏的封印的祕密任務，她也弄到手了。

只要破壞沉睡其中的娜夏的魔神核，萊菈的目的就全部達成了。

她用力閉緊眼睛，千年前的記憶依然歷歷在目。即使對萊菈這種平凡的事務職員也很關心的，溫柔又優秀的研究員們。假如沒有那種事，大家肯定能過著安穩的生活吧。萊菈很喜歡那個職場的溫馨氣氛。她最喜歡大家了。

——殺了我們。

可是，總是伴隨著美好回憶而來的，是那天無法完成娜夏請求的強烈後悔。

都是我的錯。因為我那個時候猶豫了。

所以這次，一定要把被變成魔神這種怪物的他們，從核中解放。

我已經不是那個時候的我了。

（最後……這就是最後了。在這之前，要先把亞莉納前輩——）

萊菈看了一眼趴在床上的亞莉納，為了拉上窗簾走到窗邊，以充滿活力的聲音道：

「啊——！前輩妳看，鐘塔那邊好像有什麼活動耶！我們也去看看吧！」

上鉤吧。拜託妳上鉤。

萊菈在心底祈禱，等著亞莉納的回應。亞莉納慢吞吞地坐起，以顯而易見嫌麻煩的態度看了一眼窗外。

「鐘塔～？好麻煩——」

「幫裝病蹺掉酒局的亞莉納前輩擦屁股，接手了幹事工作的是誰呢～？」

「……」

萊菈壞心眼地一說後，亞莉納的眼神尷尬地亂飄，最後嘆了一口氣。

「知道了啦。」

36

亞莉納踏上通往鐘塔的山坡路時，周圍已經有許多人了。

鐘塔所在的山崗位在市外郊區。山腳的地面鋪著凹凹凸凸的老舊石板，路旁有零星的建築物，但繼續向上走後，道路便不再鋪裝，四周都是樹林。雖然小路旁有設置三三兩兩的路燈，但今晚明亮的月光卻被厚厚的枝葉阻隔，讓通往鐘塔的小路有些昏暗。

「咦？妳們什麼都不知道就來了？今天可以看到很多『流星』哦！從這座鐘塔的山崗是最能看清楚的地方。」

一名喝得面紅耳赤的冒險者哈哈笑道。萊菈笑著道謝後，轉頭看向亞莉納。

「亞莉納前輩，大家好像都是來看流星的哦！就是所謂的流星雨吧。」

「看到流星又能怎麼樣？」

「不是說可以對流星許願嗎？我們也來許願，希望伊富爾服務處的加班情況能變少吧。」

「靠許願就能脫離加班地獄的話，我哪會這麼辛苦……」

亞莉納嘟噥著，在坡道中間忽地停住腳步，回頭眺望身後風景。從這裡能一眼望盡在街燈的映照下，浮現於黑暗中、顯得魔幻的黎堤安街景。這麼一看，就會覺得自己已經來到很遠的地方了。

隨後，亞莉納注意不讓萊菈發現，看了一眼樹林。確認隱藏在茂盛林木間的微弱氣息開始移動後，她再次看向萊菈。

「夜晚的黎堤安從這裡看也很美呢～～要是傑特大人也能來就好了。」

萊菈一臉遺憾地說著。她本來也想邀傑特一起來鐘塔的山丘，可惜傑特不在房間。

「他沒來也無所謂啦。」

「聽說這裡是很有名的約會地點哦。」

「那他就更不需要來了……」

兩人閒聊著，來到鐘塔所在之處。山丘頂上寬敞空曠，沒有會遮蔽天空的樹林。被魔法光照亮的純白鐘塔比周圍的樹木更高，巨大的圓盤上方，掛著發出亞莉納已經聽過無數次鐘聲的大吊鐘。

「流星雨好像還沒開始呢。」

鐘塔附近的空地已經坐著不少人了。他們全都看著上空，等待流星雨開始。就在這時，忽然有人向亞莉納兩人搭話。

「啊，是櫃檯小姐的大姊姊！」

伴隨著耳熟的聲音，一名小女孩跑了過來。臉上漾著天真笑容的她，是在教堂向預言巫女祈求姊姊的腳恢復，並且雙眼閃閃發亮地說將來想成為櫃檯小姐的女孩。

「大姊姊，妳們也是來看流星雨的嗎？」

「嗯，是啊。」

「是、是櫃檯小姐……！」

萊菈笑咪咪地回應後，小女孩的身後又傳來了另一人的說話聲。只見一名坐在輪椅上的少女，正以與小女孩極為相似的閃亮眼神看著亞莉納與萊菈。她們的父母站在少女身後，向亞莉納她們輕輕點頭致意。

「我也和姊姊一起來看流星哦——啊，不早點占位置的話好位置就沒有了！」

小女孩連忙推起她姊姊的輪椅，向亞莉納揮手。

「櫃檯小姐的大姊姊們，再見！」

目送如一陣風般來去的姊妹們走遠後，萊菈忽然開始翻找起自己的側背包。

「對了前輩，我有東西要讓妳看！」

「什麼東西？」

「來，請妳過來這邊一下！」

萊菈說著，若無其事地把亞莉納帶到人少的場所。兩人從寬闊的空地走進樹林，喧囂聲變得很遙遠後，萊菈才終於從包中取出了某個東西。

「鏘——！就是這個。」

見到萊菈以天真無邪的笑臉拿出的東西，亞莉納無法在第一時間理解那是什麼。

「……咦……？」

那是一顆綠色的水晶。但亞莉納知道那不是普通的水晶，而是製作者不明的小型傳送裝置。前陣子的鬥技大賽中違規的賈多與格爾茲，就是以那水晶把亞莉納與傑特帶到隱藏迷宮。

也就是說，這不是一般人，更不是一介櫃檯小姐的萊菈應該有的東西。

「妳怎麼會有那個……!?」

回過神時，亞莉納已經逼近萊菈，大聲發問了。但萊菈完全不為所動，反而輕笑起來。

「真是的，亞莉納前輩，這是我製作的東西，當然會有啦。」

「什……」

「鬥技大賽那天，把這個簡易傳送裝置給違規者的是我。因為我希望有人殺了拉烏姆。」

「妳在說什——」

「請妳從這座島逃出去，前輩。」

萊菈打斷亞莉納困惑的聲音，明確地說道。她手中的傳送裝置已經開始發出淡淡的綠光。

「我最喜歡前輩了，也很喜歡傑特大人。能在伊富爾服務處當櫃檯小姐，我很開心……」

「這到底是怎麼一回事，萊菈！」

「但我有非做不可的事。只有這件事，我非完成不可。就算我會死……就算這座島上的所有人都會死……！」

萊菈高舉水晶，光芒變得更強。亞莉納著急地伸手想搶走萊菈手中的水晶，卻慢了一步。

「……對不起……雖然不管是伊富爾服務處的前輩們、處長、亞莉納前輩、還有傑特大人我都想救……可是我的力量不夠大……！所以至少，只有亞莉納前輩也好。」

萊菈輕笑起來。

「再見了，亞莉納前輩——解放傳送。」

傳送裝置驀地發出強光，吞沒了亞莉納——

就在這時。

「——解放傳送！」

附近有個男人的聲音，響徹光芒之中。同時間，另一道強光從旁迸現。

「!?」

萊拉怔住，兩道強光撞擊在一起，互相抵消，在轉眼之間消失。只留下失去光芒的綠水晶、拿著水晶的萊菈，以及沒被傳送成功的亞莉納。

「咦——」

萊菈茫然地睜大眼睛俯視失去光芒、變回普通水晶的傳送裝置。這時，一道人影從林中走出。

「……趕上了。」

是傑特。

37

「唉——真是一場鬧劇。」

聽到有人傻眼地說道後，呆站的萊菈連忙轉頭，便見到原本因綠水晶而驚訝的亞莉納正在聳肩嘆氣。

「怎、怎麼回事……!?」

萊菈交互看著亞莉納與不該出現在這裡的傑特，後退一步。傑特身上甚至穿著輕裝鎧甲，

揹著大盾牌，一副隨時準備開戰的模樣。

「為什麼傑特大人會在這——」

萊菈說到一半，看見傑特手中的東西後，便把沒說完的話吞了回去。因為他拿在手中的，是與萊菈相同的綠水晶……傳送裝置。

「原來如此，互相干涉……！」

萊菈總算明白發生什麼事了。

她啟動傳送裝置的同時，傑特也做了同樣的事。傳送裝置會互相干涉，必須保持適當的距離才能使用。假如兩個傳送裝置在極近距離啟動，則雙方都會因干涉出現故障，導致傳送失敗。因此萊菈才會特地把亞莉納引誘到鐘塔的山崗，遠離黎堤安大廣場的傳送裝置。

「可是，為什麼傑特大人會有傳送裝置……!?」

「這是我在鬥技大賽上回收的。公會的研究人員幫忙把它修復了。」

傑特說著，把故障的傳送裝置收回腰間的袋子裡。他不對萊菈做的事感到驚訝，也不指責萊菈，只是淡淡地說下去：

「不過還在實驗階段，不知道會被傳送到哪就是了。為了預防萬一我還是帶在身邊——」

「那、為什麼！」

無法接受傑特與亞莉納以過於理所當然的模樣站在這裡，萊菈忍不住大聲了起來。

「為什麼你們知道我會這麼做……!?」

「……」

傑特沉默了一會兒，突然說起奇妙的話。

「『我和亞莉納小姐都不在島上』──假如真的變成那種情況，能想到的可能性有兩個。第一個是陷入無法行動的情況，被人強行帶走；第二個是在來不及反應的情況下，被強制傳送到其他地點──不過考慮到現實，就是後者了。只要使用傳送裝置，就能簡單做到。」

傑特說完，直視著萊菈。

「把事情全說出來吧，萊菈。」

「……」

萊菈瞪著出現裂痕的水晶，不甘心地咬牙──把綠水晶扔到了一旁，取而代之地從側背包中拿出一顆拳頭大小的粗獷石頭。

但那不是普通的石頭。因為它表面上刻滿了金色的文字。

「祕密任務──!?」

不顧倒抽一口氣的傑特，萊拉高高舉起刻了委託書的石頭。

「我要把娜夏小姐從魔神核中解放……!不論用什麼手段，不論這座島上會有多少人犧牲──」

「果然在妳那裡啊……！就是現在，亞莉納小姐！」

傑特打斷萊拉的話大叫。那反應似乎出乎了萊菈的預料。

「咦？」

就在萊菈詫異地眨眼時，亞莉納已經欺近到她面前了。

「！」

萊菈回過神時，領子已經被揪住，視野被亞莉納氣到變形的臉占據。那是亞莉納加班時經常露出的表情。實在不是對萊菈手中有祕密任務一事感到驚愕或動搖時會有的表情。

「咦？咦？」

動搖的反而是對亞莉納與傑特的反應感到困惑的萊菈。一般來說，這種時候該驚訝或動搖吧？就在這時，亞莉納朝著不停眨眼的萊菈舉起右手。

「給我咬緊牙關了，萊菈……!!」

「等一下等一下等一下我還完全沒搞懂這是怎麼回——」

「妳這個混帳白痴後輩啊啊啊啊啊啊啊——!!!!」

「咕噗!!」

啪！伴隨著響亮的聲音，亞莉納的手掌紮實地打在萊菈的臉頰上。

被打得跌坐在地上的萊菈，怔怔地抬頭看著惡狠狠地站在自己面前的前輩櫃檯小姐，一時間把手上拿著的祕密任務的事忘得一乾二淨。

一切全都出乎萊菈的預料。

照著預定的話，眼前將雙手交叉在胸前瞪著自己的亞莉納，應該正因為知道了自己的真實身分而愣住才對，說不定還會流下眼淚，至於她身後的傑特，更不可能出現在這裡——

「……妳……」

萊菈在腦中極度混亂的情況下，伸手摸著自己臉頰。在響亮的巴掌聲後，樹林再次被寂靜所包圍——

「妳對女孩子的臉做了什麼啊啊啊啊啊!?!?!?」

被搧的臉頰上有鮮明的紅色手印，萊菈淚眼汪汪地抗議：

「我是妳的後輩哦!?居然打我!?有這樣的嗎!?」

突如其來的巴掌讓她一時忘了自己原本想做的事，大聲哭叫。

超級痛的。她絕對是以全力打的。萊菈被植入魔神核的身體，明明應該已經強化到遠比普通人強壯，但還是痛成這樣，可見這是多麼毫不留情地的一擊。

亞莉納似乎還沒消氣，一臉不滿地瞪著萊菈。但她沒有繼續動手，只是哼了一聲，說出極具衝擊性的話。

「吵死了。我已經知道妳是魔神了。」

「……耶？」

聞言，萊菈腦中頓時一片空白。

魔神？她剛才說了魔神？

「不……不可能不可能不可能!!」

萊菈努力運轉差點停止的大腦，難掩動搖地起身。

「妳為什麼知道!?根本沒有我是魔神的證據才……」

「娜夏告訴我的。」

「娜……夏……？」

聽到亞莉納乾脆說出的名字，萊菈再次錯愕。

「騙、騙人……娜夏前輩明明以魔神的身分被封印，現在也還在隱藏迷宮裡——」

「萊拉。」

一道平靜的聲音打斷了萊菈的話。憑空出現的，是穿著白色長袍的半透明少女。

「……騙人……」

那確實是萊菈熟悉的娜夏。她是個優秀的研究員，也是很照顧事務員萊菈的溫柔前輩。雖然很優秀，但是又有脫線的地方，總是在遲到邊緣打卡，也經常晚幾分鐘才到，不知有多少次，萊菈一面說著「這是最後一次了哦」，一面偷偷幫娜夏修改打卡時間──

「娜夏前輩……」

人類時期的美好回憶一股腦地湧上心頭，令人喘不過氣。萊菈鼻子一酸，顫聲發問：

「為什麼、是這副樣子……跟那天一樣……簡直就像幽靈啊……」

萊菈伸出發顫的手，想觸摸娜夏，卻只穿過了她的臉頰。

「幽靈啊，也許是差不多的東西吧。因為我拋棄肉體了。」

聽到這句話，萊菈忽地想起自己該做的事，大腦倏地冷靜下來。她暗自握緊右手的粗糙石頭，確認祕密任務的存在。娜夏繼續向她說道：

「那天，我們根據命令被迫殺光了大陸上的人類──先人後，停止了活動。但是在完全停止活動前的瞬間，身體的控制權回到了我這裡。假如魔神復活，說不定會打算再次執行命令，在變成那樣之前，至少要把資料從身體分離出來。那就是現在的我──」

這就是娜夏唯一能對魔神做的抵抗吧。她不甘心地閉眼，然後再度安靜地睜開，直直凝視著萊菈。

「萊菈，停手吧。」

「……！」

「像魔神那麼強大的氣息，被解開封印的瞬間，我立刻就能感受到了。妳的氣息也一樣，我一直感受得到，也知道最近有許多原本處於平靜的魔神覺醒後又消失。」

「……」

「是妳對吧？萊菈。設局解開席巴他們封印、消滅他們的人。」

「……」

「席巴、葳娜與菲娜、拉烏姆的氣息消失後……我想說，下一個就是我了吧。確定黎璐島會消失，是在鬥技大賽中拉烏姆的氣息消失時。從那天起，妳就打算來黎堤安解開我身體的封印了，對吧？」

「……」

萊菈沉默地垂著頭，瞪著地面。

「……那天，妳是這麼對我說的吧，娜夏前輩。」

她小聲地說著。

「『殺了我們』。妳說不那麼做的話，會有許多人被殺。」

那時的後悔與不甘從內心深處湧上。

萊菈知道自己對亞莉納做了很過分的事，看著每次都戰鬥到瀕臨死亡的傑特，也總是感到

心痛。儘管如此，這強烈的後悔，還是驅使萊菈堅持到了現在。

這次也一樣。

萊菈用力握緊雙手，將嘴唇咬到發疼，大幅度地搖頭。

「我那時，沒能下手……！假如我那時能殺了你們，其他人就不會死，我們的時代——先人的時代就不會毀滅了。前輩你們也不會變成怪物！能夠以人類的身分結束一生……!!」

「……萊菈。」

「前輩，妳能理解嗎!?眼睜睜地看著喜歡的人們瘋狂殺人，自己卻什麼都做不到，只能躲在暗處發抖，看著一切發生的我的心情！」

「不對，那不是妳的錯！那時候沒有人能阻止得了！」

「我發過誓，這次一定要確實地送前輩們離開——在最後，就算拚上自己的生命，我也要用自己的手，完成誓言……！」

萊菈拒絕所有人似地大叫，而娜夏打斷她的話。

「等一下萊菈！妳讓我的身體復活的話，這座島會被消滅的！」

「——這座島會被消滅？那又怎麼樣？」

萊拉以冷酷到令人心驚的語氣回道。這句完全不像萊菈會講的話，使亞莉納瞪大眼睛。

「只要犧牲這座島上的人就能破壞魔神，不是很划算嗎？」

「萊菈，妳是認真的……!?」

「……要是沒有人能制止魔神的話，犧牲的可就不只是這座島。還是說，你們希望這個時代也被毀滅呢？」

眾人沉默下來。

這種話，只有看著自己的時代被毀滅的萊菈才有資格說吧。萊拉把目光從啞口無言的亞莉納等人身上移開，轉身背對眾人。她不再看向他們，小聲地道：

「……我再也不想……看到那樣的場面了。」

那輕微到幾乎聽不見的聲音，使亞莉納瞪大眼睛。

——再也不想要碰上那種事了。

亞莉納非常能夠理解那種痛楚。那是過去承受了太強烈悲傷的心，基於防禦本能生出的感情。因為害怕受到更多傷害，於是便連同那份感情一起包覆，製造出堅硬的外殼。

「——等一下，萊菈。」

忽然對擺出強硬拒絕姿勢的萊菈說話的，是傑特。

「就算拉著整座島陪葬，也要破壞魔神核……如果妳真的那麼想，為什麼要特地把亞莉納小姐捲進來？」

萊拉身體微微一顫。

「如果有那麼堅定的覺悟，根本不需要等到員工旅行，直接來這裡解開封印就行了。可是妳沒有那麼做，而是一直等待和亞莉納小姐一起來的這天。」

「……」

「妳其實……不想把這座島捲進去，對吧？所以希望有人能阻止自己，對吧？」

漫長的沉默後，萊菈原本拒人於千里之外的氣息稍微緩和下來。

「……說這種話是犯規哦，傑特大人。」

她垂下眼簾，苦澀地嘟囔道。

「我怎麼可能說得出口……我害你們跟魔神戰鬥了那麼多次，怎麼可能說『雖然我想消滅魔神，可是不想把島上的人捲進來，所以這次也幫我戰鬥』，到最後的最後都依賴你們呢。我知道不管是亞莉納前輩或傑特大人，每次都戰鬥到遍體鱗傷。這次你們兩個說不定真的會死……！」

萊菈顫聲說著，抬起了頭，眼眶盈滿已經不知流下多少次的淚水。

「因為我很貪心……！我喜歡娜夏前輩，也喜歡亞莉納前輩和傑特大人……！我希望你們能在這個時代過著幸福的日子，可是，又想把娜夏前輩從魔神核解放，不然，我永遠無法原諒那天的自己……！」

「萊菈。」

亞莉納低聲地說道。

「我之所以打倒那些魔神，不是因為被妳設計。」

「……？」

「雖然就妳看來，我是中了妳的計才與魔神戰鬥的。但不是那樣。我只是因為有不想失去的東西，所以戰鬥而已。」

「……」

「所以老實說，妳過去的同伴們怎麼了，魔神在世界上沉睡，或者誰被誰操縱，全都和我沒關係。我只想保護自己的安穩世界。如果是為了這個，以後我還是會繼續戰鬥。」

亞莉納用力握拳，抬起了頭。說不定萊菈一開始確實是為了利用亞莉納才接近她的。在奇怪的部分很得要領，但還是要費很多心思照顧的後輩——她也許是為了把過去的同伴從魔神核拯救出來，才那麼演的。

但就算是那樣，亞莉納也無所謂。

「我也不想失去妳。所以我會戰鬥。」

萊菈倒抽一口氣，說不出話來，亞莉納筆直地注視著她，兩人眼神交錯。咕咚，萊菈手中刻著金色文字的粗獷石頭掉落在地上。

「萊菈，以不會把這座島捲進去的方法，打倒魔神吧。」

「……！」

萊菈終於失去力氣，跪倒在地上。她肩膀不住發顫，擠出沙啞的聲音。

「這樣太犯規了啦……！」

40

充斥周圍的緊張氣氛緩和下來，傑特稍微鬆了一口氣。

「太好了……總之這樣一來，就阻止魔神復活了。」

他一面說著，一面伸手想撿起萊菈滾在腳邊的粗獷石頭。以金色文字刻劃的祕密任務委託書，正時不時地發出光芒。

忽地，傑特感覺到殺氣。

「萊菈！」

察覺到的當下，傑特已經朝著殺氣的目標——萊菈撲過去了。在視野邊緣一閃而過的，是

藍色的火焰。

「呀啊！」

傑特抱著萊菈在地面打滾，同時，一把纏著藍色火焰的短劍破空劃過，刺中附近的樹木，立刻在堅硬的樹幹上製造出燒焦的洞。

「藍色的火焰……!?」

見到那火焰，傑特腦中想起不愉快的回憶。彷彿在應證他的預感般，一道聽過的聲音從黑暗中傳來。

「哎呀，本來想順便殺了『櫃檯小姐魔神』的……算了。」

見到從黑暗中出現的身影，傑特說不出話。

蒼白的肌膚、凌厲的三白眼，右眼下方有顆痣，操縱一般魔法沒有的藍色火焰——「禁術」的使用者。傑特認識那個男人。

「賈多!?」

背叛了闇之公會的「違規」黑魔導士。對技能的強烈恨意，使他對魔神核出手，並因此把《白銀之劍》逼到絕境。

可是，賈多不可能出現在這裡。因為他的魔神核已經被亞莉納破壞，連屍體都沒有留下地消失了才對。傑特震驚地瞪大眼睛，啞著嗓子發問：

「為什麼……你還活著——!?」

理應死亡的男人若無其事地站在自己面前。傑特因此錯愕，但賈多只是冷笑。

「我的事無所謂啦。比起那個，現在有更重要的事吧？」

賈多裝模作樣地聳肩，看向萊菈。

「『我們別讓魔神復活吧！可喜可賀、可喜可賀』——這樣不行哦。妳不讓魔神復活的話，事情就無法繼續進展，那樣我們會很困擾的——」

「……『我們』？什麼意思……!?」

「你們不和魔神戰鬥的話，會很困擾的……對吧？擁有最強技能的人……！」

賈多以怨毒的眼神看向亞莉納。雖然嘴角掛著笑容，可是眼神中完全沒有笑意。因瘋狂與怨恨而晶光燦然的眼睛，與鬥技大賽時見到的一模一樣。

「賈多！」

傑特倏地拔劍，擋在亞莉納前方。

「你為什麼還活著……！你應該確實消失了才對。」

「為什麼？去問『那位大人』啊。連死了也要被差遣，實在太壓榨人了。」

「……『那位大人』……！」

「總之呢，就算想以煩人的迴圈避開被毀滅的未來，也是沒用的。」

賈多將手向上一翻，有如變魔術似的，一顆粗獷的石頭出現在掌心。是表面上刻著金色文字的祕密任務。

「咦……!?」

萊菈連忙看向自己剛才的所在之處。原本掉在地上的石頭，不知何時消失了。

「可惡！」

傑特握緊劍柄邁開腳步時，已經太遲了。

石頭輕飄飄地浮在半空中，發出強烈的光芒。對已經習慣黑暗的眼睛而言，那光線過於強烈，使傑特不由自主地停下腳步。

金色的文字從浮空的石頭中以螺旋狀旋轉飛出。

指定之冒險者階級：無
地點：時之觀測臺
達成條件：全樓層頭目之討伐
另委託者之名並未記明。省略接案者之簽名。
依上記內容，承認此項任務承接。

「時之……觀測臺……!?」

飄浮在半空中的文字，使傑特的表情變得險峻。最後，金色的文字融化在黑暗中，石頭滾落地面。光芒完全消失後，賈多的身影也不見了。

「喂、喂，那是什麼……!?」

聚集在鐘塔附近的人們，都困惑地騷動起來。

先是奇妙的光芒取代期盼中的流星雨，緊接著又有一棟建築物劈開黑暗似地突然出現。

出現在旁邊山崗上的，是近似球體的巨大建築物。

說是塔的話，高度不夠；說是競技場的話，又過於狹窄。穹頂狀的屋頂沒有前半部，可以清楚地見到建築物內部，無法完成屋頂應有的功能。那建築物中有個巨大望遠鏡般的物體，鏡片部分朝著天空的方向。

是在任何城市都不曾見過的，形狀奇妙的建築物。

「隱藏迷宮……！」

回到鐘塔這頭的娜夏看著那奇怪的建築物焦急地叫道。賈多的身影消失，傑特的表情變得更加險峻。

「賈多那傢伙，已經前往隱藏迷宮了嗎……!?他想讓魔神復活！我們快走！」

不等其他人回答，傑特便拔腿疾奔而出。

41

隱藏迷宮「時之觀測臺」的構造並不複雜。

圓形的迷宮內部算不上寬敞，沿著牆壁有螺旋狀的階梯。迷宮內沒有魔物，飄蕩著一股靜謐的氛圍。亞莉納與傑特踏著樓梯，一口氣奔跑到頂樓。

與一樓相比，頂樓相對明亮、視野開闊。因為可動式的天花板半開，皎潔的月光照入其中。房間中央有巨大望遠鏡般的裝置，鏡片部分從打開的天花板對著夜空。

一行人緊張地四處張望，但周圍安靜無聲。

「魔神似乎還沒復活……」

娜夏慎重地進行探索時，忽然傳來男人的聲音。

「哦──你們來了。好慢啊。」

隨著輕浮的語氣，賈多從黑暗中出現。

「賈多……！」

傑特抽出腰間的劍，與賈多對峙。與死過一次的男人對峙，感覺很奇妙。未知的緊張感使傑特緊繃著臉。

「你說的『那位大人』……到底在想什麼？」

聽見這個問題，賈多嘴角不懷好意地上揚，如此說道。

「破壞這個時代啊——就像先人的時候那樣。」

聞言，倒抽一口氣的是娜夏。

「開什麼玩笑！做那種事有什麼意義!?」

「我也不知道——」

賈多毫無興趣似地聳肩。

「到頭來，這次也是『那位大人』獨贏。這時候他應該在呵呵笑吧——反正所有人都會死。不管是我還是你們，全都在『那位大人』的掌心上跳舞呢。」

「你說什麼……!?」

「好了，我要工作啦。有夠討厭的工作——以祭品的身分獻出生命什麼的，真是有夠黑心的，雖然是沒差啦。啊，幫我問候勞一聲吧。」

賈多冷笑起來的瞬間——一道白光閃過，他的身體從背後被切成兩半。

「……啥……？」

傑特完全來不及反應。

眨眼間，賈多的身體鮮血狂噴、倒下，十分簡單地斷氣了。

「什……」

但是眾人沒空驚訝。因為屍體後方的黑暗，突然發出了強烈的光芒。強光穿過天花板，直達天際。

「難道是——」

娜夏焦急的聲音迴蕩在觀測臺中。

「魔神!?」

42

強烈的光芒從地面射向天空。

直達天際的白色光柱，在包覆天空的黑夜畫出巨大魔法陣。

那與刻在觀測臺地板上的魔法陣相同。光柱最終消失，在天空與地板留下兩個鏡像般的魔法陣。

「什麼……!?」

不好的預感使亞莉納背脊發涼。那瞬間，有什麼東西從天空的魔法陣中出現、落下。

最先見到的，是人類縮起的背部。緩緩出現的「白色的什麼」，有如沉睡在母親肚子裡的胎兒般，弓著背、抱著雙腿，從魔法陣落下。

白色的某物最終降落在時之觀測臺上空，輕飄飄地伸直手腳。

見到那物的全貌時，世界失去聲音，整座島彷彿被沉默所支配。

不管是亞莉納或傑特，在場的所有人全都說不出話，只是看著那物。

宛如女神像般，純白少女的姿態。

——假如這個世界真的有神，並且出現於世人面前，肯定就是像這個姿態吧。

每個人腦中全都閃過如此愚蠢的想法。

純白的少女不只手腳，連頭髮與眼睛都如陶瓷般白皙。肌膚光滑堅硬，在夜晚的黑暗中發出淡淡的光芒。四肢纖細，及腰的長髮隨風飄揚，看起來就像翅膀似的。但「女神」全身散發的冰冷氣場，令人難以認為是生物，更像是藝術品。

從黑暗中降臨的「白色女神」雖然有著與娜夏相似的五官，但身體是普通人的三倍大。由於那姿態與人類差距太大，甚至反而生出了一種神聖感。

「魔、神——」

娜夏以絕望的聲音呢喃道。

「這就是，魔神……!?」

亞莉納看著娜夏現身的本體，倒抽一口氣。

背對月光飄浮在空中的模樣雖然神聖，但光看便給人毛骨悚然的感覺。與過去交戰過的魔神有著明顯的不同。光是抬頭看著對方就覺得恐怖。本能正用力敲響警鐘。

「亞莉納前輩，請妳退下。」

伴隨著平靜的覺悟，萊菈走到眾人前方。

「萊菈!?」

「我本來就打算用自己的手為娜夏前輩送行了……我也是、能戰鬥的……！」

萊菈喃喃說著，高舉右手。

「呼喊吧，〈巨神的風翼〉！」

瞬間，周圍的風呼嘯著捲起，旋繞於萊菈身邊，在她背後形成翅膀般的氣流。

「娜夏前輩……由我來收拾！」

萊菈瞪著魔神，蹬地躍起，飛升到夜空之中。她輕鬆地躍出穹頂，並在風翼的幫助下飛到遠高於魔神的空中。

「等、等一下，萊拉能使用神域技能嗎!?」

亞莉納看著飛上高空的萊菈，驚愕地瞪大眼睛。

雖然知道萊菈有魔神核，可是要使用核中的神域技能，必須以人類的靈魂為代價。這麼說的話，萊菈已經對人類下殺手了嗎——

「那不是從魔神核得到的神域技能，是萊菈仍是人類時就擁有的術法。」

彷彿看出亞莉納的疑惑，娜夏解釋道。

「先人生來就擁有術法——用現在的說法，就是神域技能。萊菈當然也是——」

娜夏仰頭看著空中的萊拉，側臉卻出現藏不住的不安神色。

「萊菈的術法能讀風、聽風、操縱風，本來能在收集情報時發揮出色的價值。我想她至今應該就是靠著那個術法，才能找出祕密任務的。但是……」

說到這裡，娜夏頓了一頓，咬住嘴唇。

「那不是戰鬥用的術法。就算藉著魔神核大幅強化了身體能力，但能不能戰勝那魔神，就……」

44

飛升到極高之處的萊菈，瞪著下方豆粒大小的魔神，張開雙手。

「風啊，聚集吧——槍型（Spear）！」

空氣流動起來，旋繞成為氣流，依照萊菈的意志，化為一支巨大的長槍。萊菈以雙手握著槍柄，飄逸地旋轉、倒過身體，接著用力朝空中一踹。

「喝啊啊啊啊！」

萊菈如子彈般朝魔神直線下降。耳邊傳來刺耳的風聲，愈接近地面速度愈快。萊菈把自己化為長槍的一部分，襲向魔神。

『……』

魔神以無機質的眼睛捕捉到萊菈。雖然萊菈充滿著敵意逼近，魔神卻沒有任何反應。她就像不關己事似地望著萊菈，卻仍然緩緩舉起了右手。同時，萊菈灌注了體重與重力等所有加速度的一擊，貫穿魔神的手掌——

「!?」

不，萊菈的長槍被魔神的手掌紋風不動地擋下了。

「什……!?」

錯愕的萊菈無法及時做出任何反應。魔神淡然地握住風之槍尖後，槍便如散開的毛線團般崩解、消失。失去武器的萊菈身體從魔神旁經過，向下墜落。

魔神竟赤手空拳地阻擋了術法。

萊菈正啞然失色時，耳邊輕輕傳來無機質的聲音。

『沒有靈魂。』

是魔神的聲音。雖然是與娜夏相似的少女聲，但帶著詭異的機械感，聲音中沒有任何感情。

「咦……？」

『沒有吃掉的靈魂——』

魔神彷彿不把萊菈放在眼裡似地，目光朝地上看去。她的視線前方，是時之觀測臺——不對，是娜夏。

「！」

萊菈一驚，察覺到了魔神的目標。過去毀滅了先人們，與他們的靈魂一起被吸進魔神核中的所有靈魂，如今都在娜夏身上。魔神想取回那些靈魂。

「怎麼能讓妳得逞……！」

萊菈用力咬牙，一面下墜，一面發動術法。

「呼喊吧，〈巨神的風翼〉！」

背後再次出現風翼，萊菈轉換方向，朝魔神逼近。

「風啊，聚——」

忽然間，萊菈的詠唱停止了。因為魔神從她視野中消失了。

「咦？」

幾乎同時——咚，萊菈感受到背部傳來一陣衝擊。

「……？」

萊菈訝異地低下頭，只見魔神白皙的手臂，從背後穿出了自己的胸口。

「呃……!?」

在發現這點時，大量鮮血已經從口中吐出，術法失去效果，背後的風翼消失。魔神淡然地抽回手臂後，失去飄浮力的萊菈身體開始下墜。

（……怎麼會……）

失去力氣的萊菈急速地摔向地面，內心一片茫然。就算自己身上的是失敗的核，但她還是在核的影響下，得到了遠超過常人的能力強化才對。她卻被赤手空拳地貫穿了。

明明同樣是魔神——像是在展現雙方壓倒性的力量差距般，萊菈離白色的魔神愈來愈遠。

（怎麼會這樣……）

束手無策指的就是這種情況。萊菈事到如今才理解到自己的對手有多強大。她本想就算賠上這整座島，也要自己一個人設法解決，但那肯定就只是個有勇無謀到極點又毫無意義的計畫

45

「萊菈！」

亞莉納立刻蹬地躍到空中，接住被魔神貫穿胸口、無力地下墜的萊菈。

鮮血觸目驚心地染紅櫃檯小姐的制服，亞莉納看著這樣的萊菈，皺起了眉。

「欸，妳個傷勢還好吧……!?」

「…………我沒事……！」

儘管臉上因劇痛而流著冷汗，不過萊菈還有力氣回答問題。

「只要核沒被破壞，魔神就不會死……就算肉體多少有些損壞，也沒有問題。」

「……那就好。」

雖然到目前為止，早就體會過好幾次魔神的身體有多耐打，但是沒想到會有感謝這項能力的一天。亞莉納正心情複雜地皺眉時，傑特的聲音從地面傳來。

「——亞莉納小姐！來了哦！」

亞莉納驚覺地抬頭，只見魔神已經逼到眼前了。

「發動技能〈巨神的破鎚〉！」

亞莉納瞬間喚出戰鎚當作護盾，準備防禦魔神的攻擊。魔神以肉眼難以辨識的速度逼近，卻以比較起來格外緩慢的動作舉起右手揮來──

不，不是揮拳。

「……!?」

啪。

魔神將手伸向戰鎚，張開了手掌。只有這樣而已。

瞬間，亞莉納全身感受到鋪天蓋地般的壓力。

「!?」

亞莉納的身體連著戰鎚一起輕易地被吹飛。甚至連調整姿勢都來不及，被壓制的同時視野混亂、天旋地轉，回過神時，亞莉納和懷中的萊菈已經快撞上地面了。

「咕……！風啊，聚集吧，『霞型(Nebula)』！」

集中而來的風包裹住亞莉納的身體，代替她撞上堅硬的地面。儘管免去了強烈的衝擊，亞莉納與萊菈還是接連彈跳了兩、三次，最後滾落地面。

「唔──……」

亞莉納摔得渾身發痛，皺起了眉，但多虧萊菈及時的技能，所以沒受什麼大傷。她正想勉力起身時，忽然寒毛直豎，殺氣逼得她直接跳起。

「……！」

追著兩人的魔神逐漸逼近。垂直下降的魔神在即將撞上地面前改變角度，以極低的高度朝著亞莉納直直飛去。光是她經過造成的風壓，就足以讓空氣翻騰、樹木彎折、花草碎裂四散。

魔神沒有武器，也沒有使用神域技能，但其散發的刺痛威壓侵襲著亞莉納。她明白無法閃避，只能迎擊。但就算迎擊，也只會被風壓吹走。

就在亞莉納不知該如何是好時，魔神轉眼間便來到面前，朝她舉起拳頭揮來——

「發動技能〈千重壁〉！」

一道背影瞬間擋到亞莉納前方。是傑特。

砰！傑特以發著紅光的大盾牌擋下魔神的攻擊，發出巨大的聲響。

「嗚……！」

傑特以複合技能勉強接住了魔神的攻擊，可是他支撐的雙腿被輕易地往後推，恐怕撐不了多久。亞莉納從傑特的側邊飛身而出。

「發動技能〈巨神的破鎚〉！」

亞莉納再次握緊戰鎚，朝魔神的臉揮去。

「這也許是娜夏的身體……但既然內在空空如也，我就不客氣了！」

魔神安靜地看向亞莉納。

無機質的白色瞳眸中映出亞莉納的身影。她舉起右手，以掌心對著揮下的戰鎚。那不是防禦動作，只是輕鬆地舉手而已。

「！」

咚，魔神以指尖接住戰鎚。下一瞬，劇烈的衝擊波爆發，捲起飛沙走石。回過神時，亞莉納已經被往後方吹飛了。

「!?」

劈里啪啦，周圍的樹木紛紛被吹飛折斷，森林被掀起了一大片。亞莉納在不知道發生什麼事的情況下，背部重重地撞上了什麼。

「咳呵！」

空氣被擠出肺部，使亞莉納瞬間喘不過氣，但是沒有受到太大的傷害。亞莉納忽然驚覺，自己是被人給抱著。

「傑特!?」

是傑特將亞莉納抱在懷中，成為她與樹木之間的緩衝。見傑特痛苦地皺眉，亞莉納連忙退開。

「你還好嗎!?」

「沒……沒事。」

傑特簡短地回應，站了起來。獨自承受了那樣的衝擊還能立刻站起，該說不愧是盾兵的身體嗎？生命力實在堅強。然而，傑特以嚴峻的表情看著遠方的魔神。

白色的魔神靜靜地佇立著。也許是在思考攻擊被傑特擋下的事，所以沒有無情地進行追擊，可她身上散發的沉重壓力，仍然遠遠傳到了這裡。

「沒有使用技能，就這麼強了……」

傑特不甘心地吐出話語。

「……」

沒錯，魔神還沒有使出神域技能。然而我方的攻擊不但全無效果，就連有魔神核的萊菈也被輕易地打倒了。

「這算、什麼啊？」

亞莉納怔怔地自語。有種全身血液倒流的感覺。

「我的攻擊，完全不管用——」

「這就是，最接近完成的核……！」

娜夏慌張地趕來，一面確認萊菈的傷勢，一面懊悔地說道：

「埋在我身體的核，是六個試作品中最新，而且只差一步就能實用的成品。是灌注了我們所有技術與知識，為了成為『最強』而製造的核……」

『——不對。』

白色魔神凝視著亞莉納等人，卻忽然自語起來。

『破壞對象只有人類。』

她想起什麼似地飄起，對亞莉納等人完全失去了興趣，再次升向高空。

「她想做什麼……!?」

只見飄浮在夜空中的魔神舉起右手，安靜地詠唱：

『呼喊吧，〈巨神的光波〉。』

46

轟，沉重的聲音響起，地面微微搖晃。

「什麼……!?」

亞莉納連忙轉頭，隨後，她見到奇妙的光景。

發出巨響的，是旁邊的山崗——鐘塔的所在之處。

但是那道剪影很奇怪。亞莉納無法立刻明白哪裡不對勁，皺起了眉。

「鐘……鐘塔的山崗……」

傑特啞著嗓子呻吟。聽到他的話，亞莉納總算發現了不對勁之處。到目前為止，在重複了五、六次的員工旅行中見慣了的景色改變了。應該存在的東西消失了——沒錯，原本存在在該處的鐘塔，與山崗一起消失了。

「……啥……？」

亞莉納仍然無法接受現實，呆立原地。但是不管怎麼凝神細看，都無法在黑夜中找到鐘塔的輪廓。宛如被巨大的怪物咬了一大口，或者像不圓滿的弦月一般，留在原地的，只有不自然地變形了的「曾經是山崗的什麼」而已。

「鐘塔……和山崗一起不見了……」

萊菈錯愕的話語，在沉默的森林中微弱地響起。

「……等一下……等等啊……那裡還有很多——！」

亞莉納知道自己的聲音正在顫抖。她腦中閃過在登山途中與自己搭話的醉漢臉龐。不只是他，還有坐在半山腰休息的人，以及更多坐在山丘頂端、鐘塔下的空地，仰頭期盼見到流星雨的人們。再加上——

——櫃檯小姐的大姊姊們，再見！

腦中浮現那對姊妹的臉。

無法行走的姊姊，與祈禱姊姊的腳恢復健康的妹妹。以閃閃發亮的憧憬眼神，說著想成為

櫃檯小姐的兩名少女——

她們也跟那些人一起，完全消失了。

「騙……騙人……」

娜夏顫聲說著，雙腿無力地跪在地上。

「騙人……——」

目睹大量生命於轉瞬間被毫不留情地奪走，眾人驚愕不已，陷入了沉默。亞莉納也一樣，只能茫然地站著。

『變更破壞對象。』

在被絕望壓垮的氣氛中，無機質的聲音改變了目標。

『呼喊吧，〈巨神的光波〉。』

白色的魔法陣無情地浮現在夜空中。那魔法陣的下方，正是在黑暗中耀眼生輝的白色都市，黎堤安。

「難不成連黎堤安都想破壞嗎……!?」

「等等！不對……」

打斷了傑特的話的是萊菈。只見魔神朝著剛才消滅山崗的魔法陣伸手，再次詠唱。

『呼喊吧，〈巨神的永增〉。』

那是似乎在哪裡聽過的名稱。

「……等一下，那不是──」

從技能名稱察覺了什麼的傑特渾身發寒。

「勞的──」

是勞的超域技能〈永增的愚者〉。那是能無限制地複製現象本身的技能，雖然難以操縱，但是結合魔法使用的話，便能輸出壓倒性的強大火力。

不過，勞的技能有限制，不能複製物體或技能。沒錯，這是作為超域技能時的情況。但假如魔神使用的，是比勞的〈永增的愚者〉更高位的同類型技能，沒有那種限制的話──

嗡，不舒服的聲音響起，出現在夜空的白色魔法陣增加了。

以此為開頭，兩個、三個……魔法陣不斷地增加，最後，數不清的魔法陣將黎璐島的上空完全覆蓋。那些魔法陣發出的光芒，使夜空亮得有如白晝。傑特只能愕然地仰望天空呢喃，無技可施。

「想讓整座島……消失嗎……」

面對那壓倒性的破壞力與充滿絕望的光景，傑特的思考完全停止了。停機的大腦一隅，正不斷重播著賈多有如嘲諷的話語。

──反正所有人都會死。不管是我還是你們，全都在『那位大人』的掌心上跳舞呢。

「住手……！住手啊！」

娜夏有如慘叫般大叫著。

「神……!!祢為什麼要如此考驗我們呢!?」

她承受不住似地朝天空吶喊。可是被娜夏這些先人視為神明的太陽，如今正被黑夜推到後方沉睡，對娜夏的悲嘆或憤怒漠不關心，應該說根本沒聽見。

「這是懲罰嗎？是給愚蠢的我們的懲罰嗎!?對愚蠢又傲慢地想重現神的我們的懲罰……!!」

不論娜夏如何哀嘆，都無法使魔神停止行動。白色的魔法陣一齊發出淡淡的白光。

47

亞莉納只能啞口無言地仰望白色的天空。

只消一個就能把鐘塔與山崗一起消滅的魔法陣，如今增殖到難以計數，鎖定了整座島，正安靜地等待主人下令。有如暴風雨前的寧靜，整座島被沉默包覆。

那簡直就是絕望本身。

連戰鬥或反抗的時間都不給，單方面地蹂躪無力弱者的光景。

「……最壞的未來……成真了……」

娜夏不禁發出茫然的自語。為了迴避這最壞的未來，不斷倒轉時間的這名少女，終於挫敗地垂下頭。

「……原來全部……都沒用啊……」

萬念俱灰的她，以顫抖且無力的聲音說道。

「從一開始……不管做什麼……都沒用……」

亞莉納聽著娜夏的聲音，想不出任何能打破現狀的方法。

只能放棄了嗎？不。

「才不讓妳得逞……！」

亞莉納抬頭瞪著魔神，伸出右手。

「發動技能〈巨神的破鎚〉！」

亞莉納蹬地高高躍起，逼近魔神。

「在發動技能前，打倒妳!!」

魔神迅速伸手，以掌心對著亞莉納。亞莉納對準那掌心，用力揮下戰鎚。自己身後有許多重要的人們。傑特、萊菈、娜夏。就連職場的前輩們與處長也是。雖然確實也有對他們不爽的地方，也常在心裡對他們發火，但是對亞莉納而言，就連那些部分，都是她不想失去的、不想

改變的，重要平穩生活的一部分。

所以不能讓魔神破壞掉。不管是自己重要的事物，還是娜夏和萊菈想保護的事物。

「喝啊啊啊啊啊啊啊!!!!」

亞莉納用盡全力的一擊，仍然被魔神赤手空拳地擋下、推回。亞莉納有如被揮開的蟲子似地，於轉眼間被吹飛了。

她摔在遠離傑特他們的森林裡，正打算起身時，戰鎚的感覺卻從手中消失。

「……！」

見戰鎚被破壞，無視自己的意志逐漸消失，亞莉納瞪大了眼睛。

——贏不了。

亞莉納心中忽然掠過這樣的不安。

再怎麼使出全力攻擊，也會被輕而易舉地擋下、被打飛出去。完全看不到突破的未來。擋在眼前的存在與自己的差距實在太過龐大。壓倒性地強大。

（異變……對了，異變……！）

亞莉納再次握緊快要消失的戰鎚，將力量灌入其中。即將潰散的輪廓重新出現，形成冰冷堅硬的銀色戰鎚。

（到目前為止，都是在戰鎚出現「異變」時打倒魔神的。所以這次一定也——）

——可是，這樣真的能贏嗎？

冰涼的預感忽然竄過胸口。曾經冒出的不安情感，有如難以清除的雜草般在亞莉納的心中生根。

——如果贏不了的話要怎麼辦？

「……！」

亞莉納為了甩開那惡魔般的低語，強迫自己抬頭。白色的女神正從高處俯瞰著自己。那無機質的視線穿透亞莉納。不管攻擊多少次，都無法對她造成任何傷害。

——贏不了。

『呼喊吧。』

「等——」

『〈巨神的光波〉。』

魔神無視亞莉納的制止，以冷酷且無機質的聲音，毫不留情地詠唱起來。

同時，上空的無數魔法陣一齊發亮、迸裂。刺眼的無數光柱向下投射，以白色覆蓋了黎璐島、黎堤安、亞莉納的視野——

「好的，打擾一下哦。」

這個瞬間，一道男人的聲音突然鑽入亞莉納耳中。

「……咦？」

過於悠哉、格格不入的聲音，使亞莉納忍不住出聲。

不是傑特，是與眼前的絕境毫不相配的，慢吞吞又懶洋洋的男性聲音。

亞莉納勉強在強光中朝聲音傳來的方向看去，不知何時，某人的背影出現在眼前。

那是一個身穿老舊大衣、手拿長杖的男人的背影。他戴著帽兜，將整張臉遮住。從身材與低沉的聲音可以得知對方是成年男性……但那背影沒有特別強壯的感覺，手中也沒有強力的武器，只有一把長度超過男人身高、又舊又細的魔杖而已。再加上他有點駝背，從外觀看來在這種危機當中，顯得很不可靠。

然而，面對魔神壓倒性的攻擊，那男人卻面不改色地穩穩站著。

「喂喂，妳想在這種時候放棄嗎？」

「啥……啥？」

「不是決定要戰鬥了嗎？為了保護重要的東西。」

男人轉動脖子，對背後的亞莉納說道。從帽兜底下，可以隱約見到鬍渣。

「總之，這犯規過頭的攻擊，我會搞定的。所以……之後就靠妳囉？」

「你在說什——」

男人揚起嘴角，以令人懷念的聲音，這麼說道。

「好嗎？『亞莉納奶奶』。」

一瞬間，亞莉納無法理解男人說了什麼。

「……咦……」

只不過是短短一句話，卻是足以讓亞莉納全身脫力、愣在原地的話語。鄭重地收藏在心裡深處的重要回憶，冷不防地、不顧場合地閃過亞莉納的腦海。

「什麼……意思……？你是誰——」

「啊——對了對了——」

不理會亞莉納的顫聲發問，穿著破舊大衣的男人以嫌麻煩似的熟悉語氣道：

「告訴妳一件好事。不對，不告訴妳的話，妳應該永遠不會發現吧。」

男人在從天而降的強烈的光芒中，自顧自地說下去。

「妳擁有的那個技能——」

男人繼續說著。魔法陣的光芒最終驅散黑暗，淹沒了亞莉納的視野。

48

亞莉納一驚睜眼後，發現自己還活著。

因強光而暫時失去的視力逐漸恢復，眼前的光景變得清晰。使鐘塔與山崗瞬間消失、威力驚人的光波之雨應該落在了整座島上才對，可是周圍的景色與剛才無異，沒有受到任何破壞。

「亞莉納小姐，妳還好嗎!?」

傑特等人跑到亞莉納身邊。但他們似乎也不知道發生了什麼事，以困惑的表情環視完好如初的景色。

「發生了什麼事……!?」

「魔法陣消失了……？」

聽到萊菈的話，亞莉納抬頭看向上空。滿天星斗正若無其事地閃爍不已，不久之前覆蓋整座島嶼的白色魔法陣完全消失了。只剩白色魔神靜靜地停佇在天上。

「術法失敗了……!?怎麼可能……」

娜夏難以置信地說著。亞莉納杵在原地，仍然沒回過神。

（術法失敗……？不對——）

魔神確實發動了技能，光波落在島上。直到前一秒，亞莉納都親眼見識了那幅光景。然而穿著破舊大衣、感覺懶洋洋的男人突然現身，他舉起魔杖的瞬間，光波與魔法陣倏地消失了。

也就是說，魔神的技能被那個以帽兜遮臉的男人無效化了。

「亞莉納小姐，剛才是不是有人在這裡……？」

視力過人的傑特似乎發現了什麼，以不可思議的表情轉頭尋找消失的人影。但那位大衣男當然早已消失，也聽不到令人懷念的聲音了。

「……」

亞莉納垂下眼簾，無法回答傑特的問題。混亂與動搖使她無法集中精神思考，彷彿有人把手伸進她腦中攪拌似的。亞莉納甚至忘了自己仍在與強大到可怕的敵人戰鬥，只是怔怔地看著腳尖。

『亞莉納奶奶。』

男人那道懷念的聲音，不斷在腦中迴蕩。

「……不可能……」

亞莉納小聲自語。就她所知，只有一個人會那樣稱呼她。但那是不可能的。不可能會是他。因為，那個男人——

——許勞德，在很久以前就死了。

「……亞莉納小姐？」

傑特擔心地看著臉色慘白的亞莉納。

「我沒事。」

雖然嘴上這麼說，但亞莉納難掩動搖。

不只是謎之男人的真實身分，他最後說的話，也是使亞莉納動搖的原因。

——妳擁有的那個技能，不是神域技能。

在從天而降的光波轟炸聲中，男人確實是這麼說的。

（不是神域技能……？）

亞莉納皺起眉頭，低頭看著手中的銀色戰鎚。

（那麼，這是什麼——）

就在這時，娜夏厲聲道：

「攻擊要來了！」

亞莉納猛然回神，抬起臉龐，把大衣男強行趕到思考的邊緣。現在該做的是專心思考如何打倒眼前的強敵。視線的另一頭，魔神正舉起右手，準備發動神域技能。

『不論再怎麼抵抗，都是沒用的。』

缺乏人味的聲音，從亞莉納等人上方傳來。

『人類將會滅亡。由我親自毀滅。』

魔神以平淡到令人惱火的語氣說著，伸出右手。

『呼喊吧，〈巨神的光波〉。』

白色魔法陣再次出現於上空，但它這次只出現在魔神前方。

「怎麼回事……？」

亞莉納等人正感到訝異時，有什麼東西緩緩從白色魔法陣出現。

那是把與巨大的魔神身高相當，發出耀眼白光的大劍。

「光變成劍的形狀了!?」

「連那種事都做得到喔……!?」

魔神無機質的眼睛，確實地捕捉著亞莉納等人。那是一擊就能改變地形的破壞之光。就算變形成劍，威力應該也相同吧。若是被那威勢擦過，亞莉納等人肯定會瞬間消失。

嘖，傑特咂舌，回過頭以嚴峻的表情對亞莉納等人說：

「到我後面。」

「你想接住那記攻擊!?不可能的，憑一般人類——」

「快點！」

傑特把娜夏吼得閉嘴。

「我是盾兵。由我來承擔攻擊……！」

那張迫切的側臉，使娜夏說不出話。那記攻擊的威力有多大，想擋下那攻擊是多麼有勇無謀，傑特是最清楚的人。傑特不再說話，安靜地詠唱起來。

「發動技能，〈鐵壁守護者〉。」

紅色光點在空中逐漸出現。

每個光點都是〈鐵壁守護者〉的有效對象，那是可以硬化觸碰到的物體，並提高防禦力的技能光芒。原本必須是被施術者傑特碰觸到的東西才能強化，但是傑特在練習複合技能時，發現了一個鑽漏洞的方法。

那就是硬化空氣。這是傑特創造的另一個護盾。

「等、等一下，傑特大人……！」

紅色光點陸續增加，見技能光芒無止無盡地增殖，萊菈臉色逐漸鐵青。

「你想展開多少個技能!?再這樣下去，你會因為重度的技能疲勞而死哦！」

呼！傑特呼出一口氣，以早就知道那種事的語氣回道：

「不做到這種程度，怎麼擋得住那記攻擊……！」

「可是！」

「沒關係。那傢伙的生命力頑強到不像人類。」

亞莉納忍不住插嘴。傑特微微揚起嘴角。雖然令人火大，但亞莉納很清楚。這傢伙的戰法一直是如此令人心驚膽顫。

＊＊＊＊

等回過神時，娜夏周圍被傑特施展的紅色技能光點淹沒。

「也、也太多了吧……!?」

每個光點都能確實地感受到術法的氣息。雖然和娜夏的時代相比，術法的力量非常弱，但她從來沒聽過有人類能把術法多重展開到足以淹沒周圍的程度。

「發動複合技能，〈千重壁〉！」

瞬間，那些光點一齊發亮，全部集合在傑特手中的大盾牌上。數不清的紅光重疊在一起，使傑特的盾牌成為深紅色。

就在這時，魔神滑行似地朝這邊飛來。手中拿著由一擊就能摧毀整座山崗的破壞光波凝聚而成的大劍。

「來了！」

傑特大喊的同時，魔神的光劍已經朝著深紅的盾牌揮下了。

轟！狂風大作，娜夏倏地閉上眼睛。等到地鳴減弱，睜開眼睛時，她倒抽一口氣。

森林整個消失了。

原本一片茂盛的樹林，如今空無一物。地面被刨開，泥土裸露在外。周圍的景色也全都改變了。除了以傑特為起點的後方狹小範圍沒事，其他地方已經面目全非。

「這是什麼威力——」

——不對，能接下威力如此強大的攻擊，傑特的技能究竟是什麼!?

劈哩劈哩劈哩。儘管發出令人不悅的聲音，傑特的盾牌仍確實地擋住了魔神的光劍，使她停止攻擊。雖然踩在地上的雙腳被推得向後位移，但是這個時代的普通人類能與那個魔神旗鼓相當，還是令人難以置信。

「和魔神的神域技能對等……!?那不是低階的術法嗎!?」

就娜夏看來，傑特的紅色盾牌只是把無數術法強行重疊起來而已。原本不該如此使用的技能，被粗魯且暴力地重疊。

「把術法重疊在一起，強行讓性質變質嗎……!?普通的人類就算做得到這種事，身體也不可能沒事——」

娜夏傻眼地看著傑特的背影。

「你，真的是人類嗎……？」

隨著「啪！」的聲音，紅光從盾牌消失，同時光之大劍也消散了。

「嗚咕……」

傑特因複合技能過於消耗體力，痛苦地皺起臉。他全身染血，重度的技能疲勞使他的身體從內側開始毀壞。

亞莉納瞄準魔神的攻擊被阻擋下來的這個空檔，跳了出來。

「〈巨神的破鎚〉！」

亞莉納喚出銀色戰鎚，用力握緊握柄。把所有的力氣灌注在手指上。

——妳擁有的那個技能，不是神域技能。

男人說過的話殘留在耳邊。他的下一句話，也同樣使亞莉納感到困惑。

——它真正的名字是……

那種事……事到如今才說這不是神域技能，只會讓人困擾而已。因為與魔神戰鬥時，都得仰仗這力量。

「喝啊啊啊啊啊!!」

亞莉納逼近魔神，用力揮下戰鎚。魔神仍只是淡然地將手掌向前伸，打算空手把戰鎚彈回去——

就在這時，戰鎚似乎出現脈動。

『！』

魔神放下伸出的手，猛然蹬地向後跳開，閃過戰鎚的攻擊，警戒似地與亞莉納保持距離。

「……閃避了……？」

傑特訝異地皺眉。魔神警戒起原本赤手空拳就能擋下的攻擊。

「……」

魔神奇妙的行動，也使亞莉納停下腳步，低頭看向手中的銀色戰鎚。就在這時——

『呼喊吧，〈巨神的毒蠶〉。』

魔神周圍突然竄出詭異的黑霧。

「！」

亞莉納連忙把目光移回魔神身上，接著瞪大眼睛。滋滋！只見那些黑霧接連腐蝕、融化魔神周圍的樹木。

「是毒霧！碰到會被融化的！」

娜夏警告道，亞莉納連忙與魔神拉開距離。魔神周圍的毒霧愈來愈多，變得更濃，顏色也

愈來愈深，把身為術者的魔神整個包覆起來。

最後，毒霧如繭般完全覆蓋住魔神，抱著她向上飄升，逃逸似地飛到遙遠的高空後停住。

「魔神……想躲在毒霧裡嗎……!?」

娜夏懊惱地說著，亞莉納沉默地低頭。

（那傢伙果然在警戒這把戰鎚呢……）

但是，對方在提防什麼？戰鎚和剛才沒有任何不同。明明沒有出現與其他魔神戰鬥時的「異變」，那魔神究竟在警戒什麼？

不論如何，既然魔神躲在那毒霧裡，他們就拿她無可奈何。魔神知道亞莉納等人只是普通的人類，沒有能抵禦毒霧的強健肉體。

『呼喊吧。』

忽地，上空傳來魔神無機質的聲音。萊菈倒抽一口氣，愕然地喃道：

「難道——」

『〈巨神的光波〉。』

只見被毒霧渲染得更加暗沉的夜空，浮現耀眼的白色魔法陣。

「那傢伙，還想攻擊這座島嗎……!?」

亞莉納握緊戰鎚，但術者魔神躲在高空可怕的毒繭之中，她根本無計可施。就算想上前毆

打並阻止對方也做不到。

「怎麼這樣，好不容易才把她逼到絕境，怎麼能在這種時候……！」

萊菈臉色慘白，露出失落的神色。

「為什麼……停下來啊！夠了！快住手……!!」

除了大叫，萊菈已經什麼都做不到了。她近似悲痛的吶喊，空虛地迴蕩在森林裡。

50

——我到底在做什麼啊？

聽著萊菈的吶喊，娜夏懊惱地心想。

她仰視著飄浮在上空的可怕魔神，以及能破壞一切的魔法陣。

那是「自己」。是該由自己出面戰鬥並打倒的對象。可是自己做了什麼呢？躲在傑特身後，看著亞莉納戰鬥。自己什麼都做不到。

「……這明明是我們先人的問題。」

娜夏小聲說著，從轉頭看她的亞莉納身邊經過，邁步上前。

魔神的力量是壓倒性地強大。就算能擋下魔神的攻擊，也只是拖延落敗的時間，無法藉由武力打倒魔神。

「我要回到魔神體內——回到本體裡。」

娜夏說道。

「我會試著從內部控制魔神。只剩這個方法能讓那魔神停止活動了。」

「娜、娜夏前輩，妳在說什麼啊!?」

聽到那份宣言，最緊張的是萊菈。她逼近無法碰觸的娜夏。

「回到那身體裡的話，說不定再也無法把精神體分離出來——」

「我知道。萊菈。」

娜夏打斷萊菈的話，溫柔地笑道：

「我本來就等於死了。再說，也沒有其他方法了。」

「我、我不要！」

萊菈像鬧脾氣的孩子似地用力搖頭。

「前輩才沒有死！妳不是在這裡嗎！以預言巫女的身分，一直保護著這座島不是嗎！妳有記憶、有意志，所以妳是活著的……！」

淚珠簌簌地從眼眶滾落，萊菈拚命地勸阻：

「對了，等這場戰鬥結束後，我們一起回伊富爾吧！伊富爾比黎堤安大又繁榮，有很多人

和冒險者，不論什麼時候都很熱鬧哦。雖然和我們的時代相比，有很多不方便的地方，社會福利很不完善，加班起來也很痛苦……！可是，還是有很多快樂的時候哦！」

「……」

娜夏只是垂著眼簾，安靜地聽萊菈說話。

「我再也不要了……再也不要失去喜歡的人……不想要喜歡的人們去我不能到的地方了……」

說到後來，萊菈垂下頭，肩膀顫抖不已。娜夏溫柔地輕撫她的頭。

「一千年前我對妳說的那些話，害妳痛苦到現在。可是妳仍試著解放我們，謝謝妳……希望妳能忘了我們與魔神的事，當個普通的女孩，當個普通的櫃檯小姐。」

「……！」

娜夏把手從萊菈頭上移開，視線也不再看向萊菈。她以堅定的表情抬起頭，臉上充滿覺悟。重要的回憶忽地閃過她腦中。

——之所以成為黎堤安的「預言巫女」，一開始是為了贖罪。

從一千年前的那天起，與本體分離的娜夏就一直待在這座島上。當時這座島被破壞得很嚴重，不是能住人的狀態。身為資料的集合體，娜夏無法隨意忘記那些殘酷的過去，也無法死亡，只能與那些回憶共存，孤獨地處在痛苦之中。

可是有一天，人類再次來到這座島上，開始建造聚落。

大陸上的人類明明已經被化身為魔神的他們滅絕了，這些人又是從哪裡來的呢？看著那些人類，娜夏心想——

就算哭泣，化身為魔神的娜夏殺死先人們的事，仍然無法饒恕。被殺的人們、被毀滅的時代也都無法回來。既然如此，至少要保護好即將創造全新未來的這些人與時代。

娜夏利用能操縱時間的遺物，保護黎堤安至今。在她如此實踐的過程中，回過神時，黎堤安已經變成知名的觀光都市了。娜夏為了贖罪而保護的人們，也逐漸認識到她的存在。

甚至幫她建造了「預言巫女像」。

城市的人們輪流造訪巫女像，說著「謝謝妳保護了城市」、「以後也要請妳繼續保佑大家」——

每當這些快樂的臉龐刻在娜夏的記憶中，無法抹去的痛楚與罪孽，似乎就能緩和幾分。

「……我不會讓更多人死了。」

娜夏咬牙切齒，抬頭瞪著魔神。

「這座島由我來保護。」

被破壞的森林陷入死寂，亞莉納等人沉默不語。娜夏知道沒有人希望她做那種捨身的事，可是沒有其他方法。在充滿懊惱的氣氛中，亞莉納打破了沉默。

「等一下。我說不定能打中魔神。」

「……到目前為止，妳的戰鎚完全不管用哦？」

「不，有可能。」

傑特如此表示。

「在放出毒霧之前，魔神明顯與亞莉納小姐拉開了距離，轉攻為守。似乎在警戒什麼。」

看來傑特也發現魔神異常的行動了。亞莉納抬頭看著上空的毒繭。

「只要能突破那層毒霧——」

「娜夏，妳不是有魔神核裡的資料嗎？」

傑特忽然發問。

傑特受到的重傷，如果是一般人類，早就說不出話了，但傑特銀灰色的眸子中仍然閃爍著戰意的光芒。

「啊、嗯，是啊。」

在這麼緊迫的時候問這種問題，儘管覺得奇怪，娜夏還是點了點頭。傑特繼續問：

「就像讓亞莉納小姐看妳的回憶時那樣，妳能透過意識，分享資料對吧？」

「是沒——」

娜夏正要回答時，察覺到傑特想做什麼，臉色大變。

「等一下！別做蠢事！要是這麼做的話，你的身體會報銷的喔!?」

「放心，我不會壞掉的。」

「你哪來的自信!?」

「沒關係啦，快做吧。」

「不行。不能保證能成功！九成，不對，十成會死哦！居然想拿我當魔神核的替代品，得到神域技能！」

傑特不說話，只是看著娜夏。他眼中還是仍燃燒著鬥志。不是自暴自棄，也沒有捨身的悲壯感。

只有想戰勝魔神的信念。

「……！」

娜夏不由得將視線從傑特臉上別開。

就這個時代的人而言，傑特的身體確實特別強健。

所以他才能使用複合技能。同時使用複數的術法，還把性質不同的術法混合在一起使用，強行改變術法的性質……能承受那種人體無法負荷的損耗，可以說傑特擁有一般人望塵莫及的生命力。

雖然有強健過人的肉體，但光是有資質，不可能使得出複合技能。這男人肯定勤於自我鍛

鍊，一直做著把自己逼到超過極限的訓練吧。

但就算如此，傑特仍然是人類。不論如何勤於鍛鍊，仍然是在場者中最脆弱的。

「要是你因此死掉……我會被亞莉納殺死的……」

傑特笑了起來。

「放心吧。到時候我也會被亞莉納小姐殺掉的。」

「哪裡可以放心了!?」

「我和亞莉納小姐說好了。」

傑特小聲道：

「我是絕對不會死的。無論如何，我都不會讓亞莉納小姐一個人。」

「……！」

輸了。娜夏心想。這男人也同樣有著無論如何都要保護的事物。娜夏很懂那種心情，而且清楚面對那樣的人時，不管說什麼都沒用。

——沒關係。那傢伙的生命力頑強到不像人類。

亞莉納若無其事地說的話，驀地閃過娜夏腦中，使她在意起原本不曾在意過的微妙感。

為什麼魔神不攻擊傑特呢？

魔神一直執拗地攻擊黎堤安。假如一千年前那一天的命令仍然有效，破壞對象是所有人

類，那麼魔神應該先攻擊眼前的亞莉納與傑特才對。

（為了有效率地殲滅人類，所以優先攻擊集團……？還是因為——）

——那兩個人，不是人類？

娜夏把這令人發毛的想法塞進心中深處。這麼想很討厭，指望那種不確定的事也不太好，但既然想脫離這種困境，試著去相信或許也無妨。

「我知道了。」

娜夏點點頭，把手放在傑特額頭上。

51

娜夏的知識流入腦中。傑特置身在不可思議的感覺中，閉上眼睛。

與魔神戰鬥時，傑特是無力的。不論如何努力，就算身體已經習慣技能帶來的疲勞，在根本之處，仍然是徒勞無功。鬥技大賽那天，傑特明白了這點。

面對吞下魔神核的賈多使出的魔法攻擊，傑特特訓來的技能全都派不上用場。到頭來，還是只能依靠亞莉納。

儘管如此，傑特還是想保護亞莉納，保護這個抱著傷痛前進的笨拙女孩，至少不讓她受到更多傷害。

為此，傑特可以不擇手段。

「聽好了，傑特，我能和你共享的只有資訊。既然作為術法媒介的你身體無法對應神域技能，發動的就只是不完整的神域技能。而且過於勉強的話，你的心臟會因此停止跳動……知道了嗎？」

娜夏加以警告，把手移開。傑特回想著娜夏分享的知識，忍不住笑了。

「雖然經常看亞莉納小姐使用神域技能……不過真的很了不起呢，神域技能……」

「因為是神賦予的『術法』，強是當然的吧!?」

「可以理解先人為什麼能那麼繁榮了——也可以理解為什麼先人會因為這份力量在一夜之間滅絕了。」

「……說不定，這不是渺小的人類使用得起的力量吧。」

娜夏略帶懊悔地說道。傑特聽著她的話，鞭策沉重的身體，將右手向前伸。

「發動技能……〈巨神之盾〉！」

下一瞬間。

錚——！寂靜又高亢的聲音，迴蕩在夜晚的森林裡。

與此同時，亞莉納前方出現發著紅光的盾牌。不只亞莉納，娜夏、萊菈前方也都出現刻有

神之印的盾牌，發出燦爛的光輝。紅色盾牌融入亞莉納等人體內，使三人的身體發出淡淡的紅光。亞莉納等人有如被肉眼看不見的強大力量包圍似地，變得勇氣百倍。

「嘎啊！」

然而下一秒，傑特重重栽倒在地上，縮著身體。他以雙手抱著自己，瞪大眼睛，咬牙忍受著神域技能的負擔，渾身發抖著。他全身的血管浮到肌膚表面，腹部噴出了鮮血。

「傑特！」

亞莉納與萊菈緊張地衝到傑特身邊，娜夏安靜地說：

「我分享給傑特的神域技能資料〈巨神之盾〉，能於一定時間之內，在使用對象身上發揮強大的保護力。」

「亞莉納小姐……」

也許沒有力氣站起來了，傑特一面咳血，一面抬頭看著亞莉納。雖然他臉色慘白，但嘴邊仍然揚起勝利的笑容。

「……亞莉納小姐，還有亞莉納小姐想保護的東西，全部由我來保護。」

亞莉納說不出話。

「所以妳就放手盡情破壞吧，亞莉納小姐。」

「……！」

亞莉納整張臉皺了起來，把目光從傑特身上移開。

「你、你這個笨蛋！你也是我……！」

不希望死去的對象啊。

亞莉納把差點說出的話吞了回去。她十分清楚傑特就是這樣的傢伙。他總是仗著自己身體強健，只要瞭解到「除此之外沒有其他方法」，便會輕易做出接近死亡的選擇。對亞莉納來說，是最讓她火大的傢伙——但她也知道，傑特之所以如此拚命，全是為了自己。

包覆亞莉納等人的護盾，是傑特的覺悟。

「……要是你死了，我一定會揍扁你哦……！」

亞莉納把原本要說的話吞了回去，改成凶狠的警告。

她說完起身，抬頭瞪著躲在毒霧深處的魔神。

「趁現在有護盾，就能突破毒霧了，亞莉納！」

「我知道——是說，雖然事到如今才問，不過就算破壞了本體的魔神核，身為精神體的妳，也不會消失吧？」

「不用擔心。我和那個身體已經完全分離了。真的是事到如今才在問的問題呢……」

「少、少囉唆！因為我沒空問嘛！」

亞莉納看向萊菈。萊菈也心領神會地點頭。她臉上帶著不安，也許還在擔心傑特吧。儘管

如此，萊菈仍然把恐懼趕到一旁，握住亞莉納的手。

「我們走吧，亞莉納前輩！」

52

亞莉納再次握著銀色戰鎚，朝魔神的毒繭躍起。

當然，以她的跳躍之力，無法抵達飄浮在遙遠高空的毒繭之處。

就在亞莉納失去速度，開始下墜時，萊菈拉住了亞莉納的手。萊菈背上的風翼，把兩人一波波地帶到高空。

在她們眼前，能降下毀滅性破壞光的白色魔法陣安靜地不斷增加。已經沒有人可以守護黎堤安了，假如這次沒能打倒魔神，不只黎堤安，整座島嶼都會消失得無影無蹤吧。

「……為什麼，變成這樣呢？」

強風在耳邊呼嘯，萊菈忍不住如此自語。

「我們，還有這個時代的人們……明明都只是想和重要的人在一起，過著平穩的生活而已——」

「……」

她的聲音中帶著寂寥。亞莉納沉默不語。

「因為惹神生氣了？所以才總是發生這麼痛苦的事嗎……」

「──和神沒有關係。反正祂本來就不會救人。」

亞莉納低聲道。

「咦？」

「不管多重要的人，都會出奇簡單地死去。光是怨嘆現實，想保護的人還是會死。」

「……」

「所以才要戰鬥。就算對手是神也一樣。」

「……嗯。說的也是呢。」

很像亞莉納會說的話。萊菈不禁笑了。

亞莉納戰鬥的理由，都是為了前進。報仇、復仇或清算過去──完全不是基於那種惦記著往事的原因。

只是拚命地保護現在而已。光是這理由，就足以讓她戰鬥。

萊菈轉頭，瞪著愈來愈近的毒繭。

「亞莉納前輩……靠妳了！」

藉著被核強化的、遠比常人強大的臂力，萊菈以渾身之力，把亞莉納朝毒繭扔去。

53

亞莉納迎頭闖入能瞬間融化一切的危險毒霧裡。

她毫不畏懼。因為她相信傑特的守護之力。

毒霧中，可怕的黑暗襲向亞莉納，但是毒無法腐蝕她的身體。保護著亞莉納的紅光，擋下了所有的毒。

咻！最後，亞莉納穿透了毒霧層。

「……！」

眼前是寧靜到驚人的夜空。

彷彿完全不關心今晚正在發生的騷動似的，寧靜、安詳，月光明亮的天空——白色的魔神，正飄浮於其上。

「找到妳了……！」

魔神轉動眼睛，看著從下方逼近的亞莉納，毫不猶豫地轉身。為了避開那把帶來破壞的戰鎚，她展現要逃到天涯海角的氣勢。

「別想逃！」

亞莉納不禁大叫，往前伸出了手。但她跟不上一心只想逃跑的魔神速度。就算想加速，這裡是什麼都沒有的高空，也沒有能加速的踏板。

「嗚……！」

要被她逃走了……就在亞莉納這麼想時，眼前突然出現亮光。

「！」

那是許多發著紅光，有如盾牌般的菱形薄片。雖然形狀不一，面積又小，無法真的成為盾牌，但是足以作為踏板使用，而且數量愈來愈多。

雲層之上，當然不會發生這種自然現象，這是在某人意圖下製造的硬化空氣。

（幹得好，傑特……！）

似曾相識的薄片們，與傑特在空中施展複合技能〈千重壁〉時出現的紅盾很相似。亞莉納單腳踩在那些像在暗示自己可以作為踏板使用的薄片上。

雖然覺得幹得好，但亞莉納仍然不悅地皺眉。那傢伙到底要把技能用到多麼極限，把自己逼到多麼接近死亡才甘心啊？

「等我回去，一定要加倍對那傢伙發飆……！」

亞莉納齜牙咧嘴地瞪著準備逃走的魔神。

「不過在那之前，我要先揍爛妳！」

亞莉納以踏碎薄片的力氣用力一蹬，倏地逼近魔神。她把速度與體重全放在戰鎚上，用盡全力地揮下一擊。

「嗚……！」

但戰鎚還是被魔神伸出的右手擋住了。別說擊中對方，就連揮到底都做不到。亞莉納懊惱地向後跳開，再次蹬著薄片，襲向魔神。

「喝啊啊啊啊!!」

可是，不論如何進攻，戰鎚還是全都被魔神空手擋下。魔神也不再警戒亞莉納，啪地輕輕揮手。光是輕輕一揮，便把亞莉納揮得老遠。

不行。果然沒用。

亞莉納落在薄片上，暫時停止攻擊。

不對，應該說已經束手無策了。

「為什麼啊……！」

亞莉納懊惱地咬牙。銀色戰鎚沉默著，沒有回答她的問題。地上的景色映入垂著頭的亞莉納眼中。被淡淡魔法光照亮的白色都市。消失的山崗。娜夏等人應該正在那附近看著亞莉納戰鬥。

——我再也不要了……再也不要失去喜歡的人……不想要喜歡的人們去我不能到的地方

了……

忽地，萊菈微弱的聲音在腦中響起。聽到那句話的瞬間，亞莉納的心臟猛地一跳。

那時候，萊菈縮得小小的背影，似乎與誰重疊了。

是小女孩的背影——是小時候的自己的身影。

無法接受最喜歡的許勞德的死訊，一直坐在鎮門口等他回來。雖然心裡很清楚他再也回不來了，但亞莉納仍然一直盼望著能見到最喜歡的人的身影。那是持續到永遠的、如地獄般的時間。

寂寞、悲傷、懊悔，無法接受他已經不在這世界任何地方的事實，內心如暴風雨般翻騰。但不知何時，狂亂的心，變得風平浪靜了。

死心。明白了這種感情。理解世界上沒有奇蹟。是被冷酷無情，沒有任何夢想的「現實」打擊得體無完膚的瞬間。

「……萊菈……」

亞莉納用力咬著嘴唇。

又要輸了嗎？輸給這種垃圾般的現實。

萊菈的痛、娜夏的心願，全都沒有意義似的，被現實恥笑，化為烏有。

——不甘心。

沒錯。是不甘心。不甘心得不得了。對曾經差點放棄的自己感到憤怒。對看著無能為力的現實，只能放棄的自己感到憎惡。

從那天起，亞莉納一直想著——想打破所有殘酷的現實。

想以力量讓理論或大道理通通閉嘴，將理所當然地擋在眼前的煩人事實擊出一個大洞。

『不是決定要戰鬥了嗎？』

腦袋裡，有個吊兒郎當到令人覺得可恨、懶洋洋到令人懷念的男人這麼說。

說得簡單。根本不知道戰鬥是多辛苦的事。

想到這裡，亞莉納又生氣起來，皺眉瞪著白色魔神。

是啊，她決定要戰鬥了。與其再次失去，再次悲傷哭泣，不如把眼前的障礙全部打飛。

「——『告訴妳一件好事』。」

亞莉納低聲複述著那身穿破舊大衣的男人，在消失之前對她說的話。同時向前踏出一步。

「『妳擁有的那個技能，不是神域技能。』」

她安靜地複述著幾乎被從天而降的光波轟炸聲蓋過的話語。

接著，又向前踏出一步。右腳踏上紅色薄片的瞬間，魔法陣以她的腳為中心，無聲地出現。

那是黃金的魔法陣。

朝八個方位放射的魔法陣——神之印。

「『它真正的名字是』——」

亞莉納停下腳步。如今她毫不畏懼，抬頭看著魔神，心中再也沒有不安。擋在眼前的，只是被自己當成障礙的事物而已。

「『真正的名字是』……」

亞莉納向前高舉銀色戰鎚。說出隨著自己的心願顯露於世，一直伴隨著自己心願的，這個技能真正的名字。

「——『〈擊碎一切者〉（蒂亞）』。」

瞬間，亞莉納身上發出強烈的光輝。

彷彿回應亞莉納的心願般，戰鎚散發金色的光芒。彈開所有黑暗與絕望，在手中燦然生輝。原本冰冷的銀色武器，如今充滿溫暖的光。

有如太陽（神）一般。

「什麼……!?」

突然出現於上空的熱度與光芒，使娜夏瞪大眼睛。位於光芒中央的，是在遙遠的高空戰鬥的亞莉納——右手握著的戰鎚。發出強烈到令人不得不瞇起眼睛的耀眼金色戰鎚。

「亞莉納……!?」

纏繞在戰鎚上的氣息，使娜夏說不出話。那是她從來沒有見過的術法。

那是在娜夏還是人類時的記憶裡，或者以魔神身分奪走一切後的資料中，都不存在的未知氣息。連娜夏都不知道的術法——不，那根本不是術法。

「那是什麼力量啊……!?」

＊＊＊＊

「——要……」

亞莉納身在逼退黑夜的金色光芒中，小聲嘟囔：

「我要打爛妳!!」

說完，亞莉納蹬著薄片，於轉眼之間逼到魔神面前。她舉起戰鎚時，魔神也迅速抬起右手

作為防禦。

儘管如此，亞莉納仍然以渾身之力，朝著那右手用力揮下戰鎚。

「喝啊啊啊啊啊!!」

全力揮落的金色戰鎚劃過魔神。錚！伴隨著堅硬聲音而來的，是物體碎裂的手感。魔神的手臂連著肩膀，粉碎了。

明白這點的瞬間，魔神立刻轉身，從亞莉納眼前逃跑。只見她在紅色薄片之間穿梭滑行，離亞莉納愈來愈遠。

「別想跑──！」

有效。行得通。

亞莉納露齒而笑。她滿懷信心地追擊魔神，黃金的戰鎚也鼓舞她似地再次發出強光，握柄的部分甚至熱到像是在脈動。亞莉納蹬著薄片前進，最後大大躍起，逼近魔神。

『警告。將人類視為破壞對──』

「吵死了!!」

亞莉納打斷魔神的無機質發言，揮動戰鎚，朝魔神擊去。也許是認為無法迴避，魔神轉身面對亞莉納，以僅剩的左手接住攻擊。劈哩。發出碎裂聲的，是魔神的左手。等亞莉納抽回戰鎚時，魔神的左手臂也碎了。

『……』

失去雙臂的魔神不再奔逃，而是凝視起亞莉納，彷彿在觀察第一次見到的生物似的。

亞莉納站在某個薄片上，把戰鎚擱在肩上。

『人類太愚蠢了。』

魔神喃喃地道。

『是理應消滅的生物。』

「……就說妳很吵了。」

『是沒有活著價值的生物。』

「那又怎樣？」

『這是神的肅清。』

「那妳就肅清給我看啊！」

『……』

魔神總算沉默下來。看著亞莉納的臉上沒有表情，但她的沉默似乎有什麼不滿。幾秒後，

魔神總算開口：

『——呼喊吧。』

雖然已經沒有發動技能的手了，但魔神仍然平淡地進行詠唱。亞莉納從薄片躍起，一腳踩

在她臉上。

「該消滅的，是妳啦啊啊啊啊啊啊啊啊啊————————!!!!!!」

亞莉納對準魔神鎖骨部位的黑色魔神核，用力揮下戰鎚。

光芒驟亮，原本就耀眼的金色光華變得更加熠熠生輝。光線向四面八方奔馳，破除毒霧。溫暖的黃金光芒，將夜空照耀得有如白晝。

透過握柄，可以感受到魔神核出現龜裂。同時，魔神的身體有如射出去的飛箭，朝著地面迅速下墜。就像被強光從空中向下扣似的。

劈哩……細微的碎裂聲，傳入亞莉納耳中。

魔神核被破壞，魔神的身體一面下墜一面崩解。臉上出現窟窿，腳部脫落，如斷線的木偶般變得七零八落。最後，巨大的白色身體在空中化為粉塵，消失無蹤。

55

「太好了……破壞魔神核了！」

萊菈看著下墜消失的魔神，開心地大叫。一旁的娜夏喃喃自語。

「……太陽（蒂亞）……」

從亞莉納的戰鎚發出的光芒驅散了黑暗，將天空照耀得如白晝般璀璨。聽到娜夏的自語，萊菈淺淺笑了起來：

「處刑人大人果然是我的『英雄』呢。」

「……英雄？」

「是啊！」

萊菈用力點頭。

「我想起了在進入伊富爾服務處……不久之前的事。」

在這個時代醒來的萊菈，當務之急就是破壞成為魔神的往日同伴。但是對她來說，想達成目標，有個非常大的問題。

「我身上只埋著失敗品的核，如此程度的我，沒辦法打倒消滅先人、得到許多靈魂的魔神。即使再樂觀，也頂多只能勢均力敵。就算想找人求助，可是這個時代人們的力量，遠遠比不上我們的時代。」

「……」

「乾脆我也去殺幾個人，取得更多神域技能好了？……我甚至動過那樣的蠢念頭。那時候，在我眼前……」

萊菈仰著頭，看著空中的亞莉納。

「處刑人大人出現了。」

萊菈還記得在報紙上看到新聞時的興奮。獨自進入難以攻略的迷宮，轉眼之間打倒頭目，被人們稱為處刑人的冒險者。就這個時代的人類來說，處刑人擁有壓倒性的力量。

「為了查出被稱為『處刑人』的冒險者真實身分，我潛入伊富爾服務處……完全沒想到，在世間蔚為話題的處刑人，其實是因為加班而顏色憔悴的櫃檯小姐呢。」

56

短暫的飄浮感之後，傳送裝置的光線消失，亞莉納踏在堅硬的石地板上。

聽慣了的喧囂傳入耳中，原本微微暈眩的視野恢復後，亞莉納環視圓形的大廣場。

櫛比鱗次的橙色屋頂，冒險者們豪邁的喧鬧，廣場上的行人中有半數以上是拿著武器、穿戴著護具的冒險者。與純白的觀光都市黎堤安不同，雖然稍嫌粗鄙，卻充滿活力的城市。

這裡是伊富爾的大廣場。數日不見，一股懷念之情油然而生。

「回……回來了……總算回來了～～！！！！」

亞莉納感動到眼眶泛淚，雙手朝天高舉吶喊。

「真是的，才離開兩天而已，太誇張了啦，亞莉納。」

「亞莉納，辛苦妳當幹事了。要吃點心嗎？」

「亞莉納幹事，辛苦妳了。雖然昨晚發生驚人的變故，但這還是一趟很愉快的員工旅行哦。」

不知道這趟「短暫」的員工旅行中發生什麼事的前輩櫃檯小姐們與處長，慰勞著亞莉納。

「哈哈……說的也是……大家都平安回來，真是太好了……」

——先說結論。黎堤安上空出現謎之白色「女神」，並對黎堤安發動攻擊的騷動，被算在新迷宮頭目的頭上。

對於那些於鐘塔山崗上等著看流星、不幸喪命的人們，黎堤安市民為他們設立石碑，作為憑弔。幸好前輩櫃檯小姐們與處長都沒有離開旅館，而且在出現騷動後，一直與市民們一起避難。

亞莉納草草道別，早早原地解散眾人，櫃檯小姐們踏上了歸途。不知為何，周圍的人們都偷眼看著伊富爾服務處一行人。

應該是因為穿著櫃檯小姐制服吧，亞莉納沒有多想，等前輩櫃檯小姐們的身影消失在人群中後，回頭看著身後。

「娜夏前輩，這裡就是伊富爾哦！」

視線前方，萊菈正在向半透明的女性——娜夏介紹伊富爾。娜夏好奇地張望周圍。

「很大的城市呢……給人的感覺和黎堤安不太一樣。」

魔神被破壞之後，娜夏決定放下「預言巫女」的外號，離開黎堤安。由於她吵著要跟著亞莉納等人，只好把她帶回伊富爾。

「娜夏，妳真的不再當『預言巫女』了嗎？妳不是很努力維持巫女的形象嗎？就是那個神祕感。」

亞莉納單純地發問，娜夏的臉倏地發紅。

「不……不了！我不再當預言巫女了。說起來，操縱時間的遺物壞了，我也沒辦法做預言了。」

「是說比起那個，其他人真的看不見妳嗎？」

「當然！這部分我可是很謹慎小心的。因為我是高性能哦！」

娜夏莫名有自信地挺胸說著，此時，一道焦急的腳步聲迅速接近。

「你們！」

此時衝過來的人，是冒險者公會會長葛倫。

他看起來很緊張，滿頭大汗。雖然不知道原因，但亞莉納還是扁著嘴，豎起眉毛遷怒於他。

「出現了。所有事情解決後才出場的代表性人物……！我們可是很辛苦的哦！」

「什、什麼意思？不對，比起那個！你們這幾天到底去哪裡了!?」

被葛倫這麼問，亞莉納不解地歪頭。

「咦？去黎堤安啊？」

「……黎堤安……是這樣嗎……」

葛倫安心又疲憊似地大大吁了口氣。見他的樣子不對，傑特發問：

「發生什麼事了嗎？」

「我才想問發生什麼事了呢……！」

「咦？」

「『伊富爾服務處的人去員工旅行後失聯，一整個星期音訊全無』——我們這邊可是鬧得雞飛狗跳哦！」

沉默。

「「「咦咦咦咦咦咦咦咦咦咦咦咦咦咦咦咦咦!?」」」

亞莉納、傑特、再加上萊菈的驚叫響徹了大廣場。

「就算想前往黎堤安，也一直等不到渡輪……所以我想，肯定發生了什麼事——」

「等、等、等一下！這是什麼意思!?」

「我知道了，是迴圈！」

傑特猜到原因，一旁的娜夏別過頭。

「那座島是能操作時間的『時間的實驗場』……換句話說，能倒轉的只有島上的時間而已。意思就是，雖然島上一直重複著第一天的旅行，但島外的時間是正常流逝的……！」

「……哦……也就是說，娜夏……妳從一開始，就知道會這樣了呢……？」

亞莉納淩厲地看向罪魁禍首娜夏。

「那、那是……」

原本以為娜夏想後退，沒想到她華麗地跳起來，手腳直接著地，額頭貼在地面，展現出跪地道歉的姿勢。

「對不起請原諒我——————！！！」

「直接下跪!?」

彷彿從一開始就做好覺悟似的，乾脆到不行的跪地求饒。就連亞莉納也氣不起來了，不只氣不起來，還不敢恭維地抽搐著臉頰。不顧亞莉納散發出的退避三舍感，娜夏半透明的頭仍然貼在地上，飛快地道：

「就算是有高度技術的先人，也沒辦法操縱『巨大的時間』嘛！所以人工島上的局部時間操作，到頭來都必須以『巨大的時間』作為補償……！也因此，把沒有答應接受實驗的人捲進時間操作裡，是很嚴重的大罪……雖然我知道，可是啊啊啊……」

「喂，等一下，『重複著第一天的旅行』是什麼意思!?」

看不到娜夏身影的葛倫，對傑特的話皺起眉頭。被公會會長逼問，亞莉納與傑特沒來由地看向對方。

這麼漫長的故事，該從哪裡說起好呢——

57

「真是的，好不容易才回來，又搞到這麼晚……」

黃昏，亞莉納厭煩地走在伊富爾的大馬路上。

他們從黎堤安回伊富爾時，是中午過後，但是說明完迴圈與魔神的事，從公會總部回來時，已經是這個時間了。

「不過就葛倫來看，當然會很驚訝了。因為伊富爾服務處所有人失蹤了一星期嘛。」

走在一旁的傑特苦笑。

「……也許吧。」

亞莉納瞥開視線，看著虛空發呆。

雖然被葛倫帶到清空後的公會總部辦公室，逼問了所有發生的事，但亞莉納唯有一件事情

沒有透露。那是只有亞莉納知道，連傑特與娜夏都不知道的事。

就是穿著破舊大衣男人的事。

「亞莉納小姐？」

「啊，嗯，沒事。」

亞莉納恍神地眺望著伊富爾的街景，想起那男人的事。到頭來，他究竟是誰？

（……難道，真的是、許勞德……？可是……不可能……）

隱瞞【大賢者】這個真實身分，假扮成平庸冒險者的許勞德已經死了。那是闇之公會給的明確情報。許勞德已經不在了。明明早就不在了，為什麼最近經常聽到他的名字呢？

「……」

就在這時，背部傳來輕微的撞擊。亞莉納回過神，發現傑特正在看著自己。是他輕拍了不知何時悶著頭，陷入昏暗思考中的亞莉納後背。

「幹、幹嘛啦？」

「在想【大賢者】的事？」

「我……！我想什麼都行吧？」

被說中心事，亞莉納不由得別過頭。沒想到傑特說了出乎意料的話：

「其實，勞和露露莉現在正在調查【大賢者】的事。」

亞莉納眨了眨眼睛，不由得轉頭看向傑特，口中問出單純的疑問：

「為什麼……？」

「因為，就算聽說到『已經死了』，果然還是會很在意啊。特別是在知道最重要的人其實是【大賢者】之後。」

「所以，他們是、為了我……嗎？」

「是啊。」

傑特毫不猶豫地點頭。

「照預定，我在員工旅行之後也會去和他們會合。雖然不能說敬請期待成果，但我們會努力找出蛛絲馬跡的。」

「用、用不著做那種事……也……」

「無論是煩惱或不安時，妳都不是一個人。有我們跟妳在一起。只要知道這點，心情就會變得輕鬆，不是嗎？」

亞莉納倒抽一口氣。

從很久以前起，就習慣一個人解決所有問題的亞莉納，完全沒想過能像這樣與他人分享煩惱。

所以她一直不知道。有人為自己奔走的事實，能如此地令人安心。

「……嗯，也許吧……謝謝。」

這次亞莉納率直地道謝，微微笑了起來。

終

後記

各位喜歡旅行嗎？大家好，我是香坂マト。

本集焦點終於輪到前幾集中一直散發出令人擔心氣息的萊菈身上了呢。故事背景則是從伊富爾轉變成觀光都市黎堤安。

由於我的本質是居家派，所以不喜歡在外過夜的旅行……特別是還要顧慮職場上司和同事的旅行……！雖然這麼說，但如果真的去旅行了，當然要比所有人更樂在其中。我就是如此現實的人。

先不提我的事，這次稍微提示了亞莉納小姐能力的真相，也稍微讓大家見到那個男人的身影，是加入很多小細節的一回。在寫第一集時，雖然有想過之後的故事，但是沒想到真的能寫到這裡。

之所以能寫到現在，都是託了各位讀者們的福。真的非常感謝大家。

說起來，在這之前我從來沒寫過續集故事，所以現在每次都是邊寫邊碰壁，一面呻吟一面有新發現，感受新的刺激。

作為讀者看輕小說或漫畫時，會理所當然地想著「好期待下一集啊，希望趕快出」，可是成為「創作方」後，才知道出續集原來是這麼辛苦的事啊……我有了深刻的體會。

回過神來，公會櫃檯系列已經寫了一年以上……在這一年裡，我得到許多經驗值，發現許多事，也有不少改變。儘管如此，從寫第一集起，我寫作時一直放在心上的，就是「讓（因加班而）疲勞的人也能輕鬆閱讀，看完能得到活力」。這是從我過去加班到連娛樂都沒力氣攝取的經歷萌生出的想法（笑）。

我想要一直記著這份心情！希望各位讀者今後也能輕鬆地享受公會櫃檯系列。

那麼，本集也同樣受了擔任責任編輯的吉岡大人、山口大人很多照顧。接著是每集都為本作繪製又可愛又帥氣插圖的がおう老師、出版並宣傳第五集的編輯部的各位，最重要的是，購買公會櫃檯第五集的您，請讓我在此致上由衷的感謝。

那麼，讓我們在下集再見吧！

治癒魔法的錯誤使用法 ~奔赴戰場的回復要員~ Vol. 12

作者：くろかた
插畫：KeG
譯者：劉仁倩

離別時刻來臨，兔里等人的決定是!?
回復要員與勇者們的故事堂堂完結——！

兔里一行人戰勝魔王，終於結束了這場戰爭。
眾人雖然取回和平的世界，卻每天都過得悶悶不樂。
原因在於隨著魔王宣告敗北後，交付給兔里的『卷軸』——能幫助他們回到原本世界的魔法道具。
兔里等人已經達成被以『勇者召喚』召來的理由『打敗魔王』，但也無法輕易割捨在這個世界邂逅的緣分。
然而，『卷軸』有使用期限，他們無法永遠苦惱下去。
看不下去的羅絲，建議兔里與所有救命團團員談談，聽取眾人的意見。然後，他最終所得到的結論是——!?
打破常識的笑鬧輕喜劇，終於完結!!

輕小說

雖然是公會的櫃檯小姐，但因為不想加班所以打算獨自討伐迷宮頭目5

（原著名：ギルドの受付嬢ですが、残業は嫌なのでボスをソロ討伐しようと思います5）

作者：香坂マト

插畫：がおう

譯者：呂郁青

日本株式会社KADOKAWA正式授權中文版

【發行人】范萬楠

【出　版】東立出版社有限公司

台北市承德路二段81號10樓　TEL：(02)2558-7277

【香港公司】東立出版集團有限公司

香港北角渣華道321號　柯達大廈第二期1207室　TEL：23862312

【劃撥帳號】1085042-7

【戶　名】東立出版社有限公司

【劃撥專線】(02)2558-7277 總機0

【美術總監】林雲連

【文字編輯】陳其芸

【美術編輯】王　琦

【印　刷】勁達印刷廠

【裝　訂】台興印刷裝訂股份有限公司

【版　次】2024年02月24日第一刷發行

2024年06月08日第二刷發行

GUILD NO UKETSUKEJO DESUGA, ZANGYO WA IYANANODE BOSS O SOLO TOBATSUSHIYO TO OMOIMASU Vol.5

©Mato Kousaka 2022

Edited by 電撃文庫

First published in Japan in 2022 by KADOKAWA CORPORATION, Tokyo.

Complex Chinese translation rights arranged with KADOKAWA CORPORATION, Tokyo.